# 世界上的另一个你。

[美]朗·霍尔　丹佛·摩尔____著　李佳纯____译

Same Kind of Different as Me

CNS PUBLISHING & MEDIA 中南出版传媒
湖南文艺出版社 HUNAN LITERATURE AND ART PUBLISHING HOUSE
博集天卷 CS-BOOKY

# 全球媒体推荐

丹佛·摩尔和朗·霍尔的故事让我感动落泪。这两个人在各自的危机下形成友谊，鼓励我们对平时接触的任何人要更有同情心。真的是一本好书！

——芭芭拉·布什，美国前第一夫人

这是一个令人感叹的故事，关于悲剧、胜利、坚持、奉献、信念以及人性的坚忍不拔。黛博拉·霍尔坚定地奉献于帮助他人。她的离世让认识并爱她的人感觉生活中出现一个大洞。她对游民的服务，感动了成千上万个人。这其间，她让两个社会地位天差地远的灵魂更接近。现在，他们的精神感动了全世界无数人。

——瑞德·史提戈尔，得州桂冠诗人

这故事是关于上帝的爱如何交织起两个男人的生活，启发并改变人心。朗·霍尔和丹佛·摩尔邀请你和他们走一段有关成长、痛苦与喜悦的旅程。一个人拥有世俗的成功，另一个人赤贫，通过一个善良女人的愿景与坚持而相会。他们的故事给我们一个信息，要活出自己，对别人的生活产生正面的影响。

——卡罗尔·赖德，《魅力女人百分百》作者

这是我所读过最激励人心、最感人的故事，包括信念、坚忍与友谊。这本书让我们看到愈疗、宽恕的力量，以及无条件的爱如何改变生命。很多人挂在嘴上，但很少人做到。毫无疑问，本书里的人做到了。

朗、丹佛、黛比，真诚谦卑并毫无保留地分享他们的故事，纵使有缺陷，还是会改变每一个读者。这个惊人的真实故事让我们不忘爱的无限力量。

——马克·克雷门，《当幸福来敲门》制片人

这本书不只是一个回忆录，它更捕捉到可以改变我们社会的独特精神。如果一个人可以放下自己的需求和歧见，愿意诚心诚意关怀另一个人，那么，奇迹便会出现。借由书中两位主角，我们看见他们各自都成长了，也看到这个世界的美好面。很感谢朗与丹佛分享他们的故事，也希望这个故事可以启发更多人，让他们愿意以简单的一己之力，改变这个世界。

——李克·派瑞，得州州长

保罗使徒在写给歌林多的信上写道：“如今常存的有信，有望，有爱这三样，其中最大的是爱。”

这本书说的正是关于黛博拉·霍尔的信仰、希望与爱，她相信上帝、希望世界更美好，她永恒不渝的爱永远地改变了两个男人的一生：一个是她的丈夫——朗，富有的国际艺术品交易商；另一个是丹佛·摩尔，这个无家可归的流浪汉，认为露宿街头可以让他的生活更上一层楼。

朗·霍尔与丹佛·摩尔以自己的话语叙述故事，让你的心弦随着叙述人

的不同而改变，一时温暖--时痛苦。这种独特的双作者风格，以诚恳坦率的方式，谱写出引人入胜而情感丰富的故事，让人体验生命的改变。

——迈克•蒙克里夫，沃思堡市市长

富豪与流浪汉，这两个生命几乎很难有交集的人，却奇妙地相遇了，并且，这样的相遇也改写了他们各自生命本来的基调——生命的质地事实上无关乎社会阶层的高低，但大部分人却还是迷惑，以至于执迷；无论是在世间的成就感中重复某种生活模式，或者是在失去盼望中自我放弃，都是活在一个框架中。

我们的人生或许没有富豪与流浪汉这般极端，但仔细想想，谁不是活在一种框架中呢？而这样的框架又该怎么样打破呢？

什么样的人该读这个故事？伤心的人、绝望的人，还有怀疑这个世界上为什么要有伤心的人、为什么要有绝望的人，以及让别人伤心的人、让别人绝望的人。说到底，就是他，就是你，就是我……这不是一个故事，这是许多人生命旅程剖面的集合。

——彭蕙仙，作家

# 1.

## 丹佛

呦——贫穷如我
死了之后的归宿在天堂……
有钱人一辈子过得好命
死了之后的归宿在地狱……
要在那万古磐石找个家才好，你还不懂吗？
**——黑人灵歌**

在认识黛比小姐之前，我从来没跟白种女人说过话。可能只回答过几个问题——算不上说话。对我而言，那风险已经够大了，因为我最后一次蠢到开口跟白种女人说话，不但差点被打死，还几乎瞎了眼。

那时我十五六岁，正走在我住的棉花庄园前面一条红土路上，那里是路易斯安那州的红河郡。庄园又大又平坦，像一堆农田排在一起，然后有条支流从中间蜿蜒流过。丝柏树像蜘蛛一样蜷伏在水里，水是淡淡的苹果绿色。那片土地有许多不同的农田，每一块面积都是一两百英亩，边缘都种有阔叶树，大多是胡桃树。

但路边的树不多，所以那天我从姨婆家（她是我祖母的姐妹）走回来的时候，感觉很开阔。没多久，我看见一位白人小姐站在她的车子旁，一辆蓝色的福特，大概是 1950 或 1951 年份的车型。她戴帽子穿裙子，可能刚从城里回来。她望向我，一副想知道怎么修破胎的样子。所以我停下来。

“您需要帮助吗，女士？”

“是的，谢谢你。”她说。老实讲，她看起来心怀感激：“我真的需要。”

我问她有没有千斤顶，她说有。我们就讲这么多。

我把破胎修好之后，三个白人青年骑着枣红的马从林子里出来。我想他们是去打猎，他们骑马快步出现时没看见我，因为他们在路中间，而我低下身子在车子的另一边修理轮胎。马蹄扬起的红土围绕着我。一开始我没动，心想等他们离开再说。可是接着我决定站起来，因为我不希望他们认为我在躲。这时，其中一个人问那白人小姐需不需要帮忙。

“我看不需要！”一个红发、有着大颗牙齿的家伙看到我时这么说，“已经有黑鬼帮她了！”

另一个黑发、看起来有点狡猾的人，把一只手放在马鞍的鞍桥上，另一只手把帽子往后推。“小子，你干吗骚扰这位好小姐？”

他自己也不过是个小子，大概十八九岁。我什么也没说，只看着他。

“你看什么看，小子？”他说，吐了一口口水到土里。

另外两个光是笑。白人小姐没说什么，只低头看她的鞋子。当场只听得见马打响鼻的声音，像龙卷风要来之前的黄色警戒。然后一个最靠近我的小子，拿出一条草绳绑在我脖子上，像绑小牛一样，用力扯紧，使得我无法呼吸。绞索刺入我的脖子，恐惧从我的腿爬到我肚子。

我看了他们三个人一眼，他们都不比我大多少。但他们的眼神冷漠又恶毒。

“给你一个教训，要你以后别再骚扰白人小姐。”拿绳子的那个人说。这就是那几个年轻人最后对我说的话。

接下来发生的事我不想多讲，因为我不想要怜悯。那个年代在路易斯安那州就是这样，我想密西西比州也是。因为两年之后，有人跟我讲过一个叫艾密特·提尔的黑人被打到面目全非的事。

他对一个白种女人吹口哨，然后一些好人家的男孩——林子里好像充满这种人——也不喜欢这个黑人这么做。他们把他打到一只眼睛掉出来，然后在他脖子上绑了一台轧棉机，从桥上丢到塔拉哈奇河里。听说，直到今天，走过那座桥的时候还可以听见被淹死的年轻人从河里传出来的哭声。

像艾密特·提尔这样的故事还有很多，只是大部分没有上报。有人说，在红河郡的海湾里，满满堆到青豆色河岸的，都是被白人丢去喂鳄鱼的黑人碎骨头，以惩罚他们垂涎白种女人，或只是没有正眼看人。这种事不是每天都有，但这个可能性，像鬼魂一样高挂在棉花田上方，威胁着大家。

虽然照理说，奴隶制度在我祖母还是小女孩的时代就应该结束了，可我在棉花田工作了快三十年，还是跟个奴隶一样。我有一间不属于我的小屋、两条赊来的工作裤、一头猪，还有一间屋外厕所。我在农场种植、翻土、捡棉花，然后将所有棉花交给拥有土地的主子，没有支票和薪水。我连支票是什么都不知道。

你可能很难想象，但我就这样从小不点开始，干了无数个季节，一直到那个叫肯尼迪的总统在达拉斯被枪杀。

那些年里，一号公路旁边有条穿越红河郡的载货火车轨道。我每天听着那汽笛声，想象它大声念出我可以去的地方……比如纽约或底特律，我听说有色人种在那边工作是有钱赚的；或是去加州，听说那里几乎人手一沓像煎饼一样的钞票。

有一天，我实在受不了继续穷下去的生活，走到一号公路旁，等火车稍微减速，然后跳了上去。一直到门再次打开我才下车，结果那里刚好是得州沃思堡市。一个不会读书写字，不会算术，除了在棉花田工作以外，什么也不会的黑人到了大城市，他没有太多白人所谓的“就业机会”。所以我最后露宿街头了。

我没打算粉饰：街头会让一个人龌龊。我龌龊，是个游民，犯过法，待过安哥拉监狱，在遇见黛比小姐前又无家可归了多年。关于她，我有句话：她是我认识的最瘦、最多管闲事、最咄咄逼人的女人，不论是黑人或白人。

她那么咄咄逼人，害得我没法不让她知道我的名字叫丹佛——她自己去查了出来。我长时间试着躲开她。但过了一阵子，黛比小姐让我开始讲些我不爱讲的事情，那些我从来没跟任何人讲过的事，甚至包括那三个拿绳子的年轻人。接下来就让我来告诉你，这里头到底包括了哪些事。

# 2.

## 朗

人一辈子，总有些不体面的时刻会永远留在脑海里。

某件发生在 1952 年的事，烧灼在我的脑海里，像长角牛身上的烙印。当时，所有学童都要带尿液样本到学校，让公共卫生人员筛检重大疾病。作为沃思堡市河边小学二年级的学生，我像其他乖巧的男孩女孩一样，小心翼翼地用塑料杯带着我的尿液样本到学校。但我搞错了，我没交给护士，而是直接拿给波小姐，她是我碰到过的最恶毒最丑陋的老师。

我犯的错误，让她暴怒到让人以为我是直接把尿液样本倒进她桌上的咖啡杯里。为了惩罚我，她像教官一样押着我的双手，叫全体二年级同学到操场，然后拍手叫我们注意。

“同学们，我有事情宣布，”她用粗哑的声音说，老烟枪似的嗓门像大卡车的烂煞车一样刺耳，“朗·霍尔今天不参加休息时间。因为他笨到把他的塑料杯带到教室里，而不是拿到护理室。接下来的三十分钟，他的鼻子要贴在一个圆圈里。”

然后波小姐拿了一根新的粉笔，在学校红砖墙上画了一个圆圈。圆圈画在我不踮脚站的时候鼻尖上方三英寸之处。我觉得受到了羞辱，悄悄走向前，踮起脚把鼻子贴到墙上。五分钟后，我的眼睛变成了斗鸡眼，只好闭上。因为我想到妈妈警告我不要学斗鸡眼，否则眼睛会永远变成那样。十五分钟后，我的脚趾和小腿严重抽筋，二十分钟后，我的眼泪洗掉波小姐画的圈圈的下半段。

怀着童年被羞辱的厌恶，我痛恨着波小姐。长大以后，我真希望能寄给她一封信，说我并不笨。但我有很多年没有再想起她，直到1978年6月，某个风和日丽的一天，我坐在我的奔驰敞篷车里，沿着沃思堡市的北大街开。我像个摇滚巨星，大门口的保安挥手叫我开进米肯机场的私人停机坪。这时候我在想，如果能让波小姐、几个前女友——拉娜和丽塔·盖尔巴——还有我1963年霍顿高中毕业班的全体同学排成游行队伍，让他们看看我如何超越了我的中低阶级出身，那应该很完美。回想起来，我很惊讶那天我是怎么开到机场的，因为在从家里到停机坪的那十英里路程中，我一直在欣赏后视镜里的自己。

我把车开到一个站在私人喷气机“猎鹰”前等候的飞行员身边。他身着黑色便裤、烫熨过的白衬衫、油亮的牛仔靴，挥手向我致意。得州机场里的高温让他眯起眼睛。

“早安，霍尔先生，”他提高音量以盖过喷气机的嗡嗡声，“你需要帮忙拿画吗？”

我们小心且一次一件地把三幅乔治亚·欧姬芙的画从奔驰移到猎鹰上。这几幅画的总值接近一百万美元。两年前，我把同一批画以五十万美元卖给南得州一个极富有的女人；两幅是欧姬芙最具代表性的花朵，一幅是骷髅画。当她在她的爱马仕支票簿填好金额、撕下一张私人支票时，我开玩笑地问她是否确定支票可以兑现。

“我希望没问题，亲爱的，”她笑着用她甜腻又拖长的得州音调说，“银行是我开的。”

现在，这位客户要转手这几幅欧姬芙画作。新的买主是个年约五十的优雅女性，她拥有麦迪逊大道上最高级的百货商店之一，可能连沐浴时都戴着珍珠，而她也正要离婚。那天下午她办了个午餐会招待我，并邀请了几个爱好艺术的社交名流朋友，庆祝她最新的斩获。

毫无疑问，她也奉行“最棒的复仇就是过得更好”这套哲学，她把离婚所得到的一笔赡养费（就跟国王绑架赎金一样多）拿来买欧姬芙的画作，买入价格几乎是之前的一倍。她的富有程度让她连付一百万都不必讨价还价。我当然没意见，因为这样下来，我做这笔交易的佣金是十万美元整。

我的客户派“猎鹰”从纽约飞过来接我。登机之后，我在奶油色的皮沙发上伸展四肢，浏览当天的报纸头条。飞行员驾机如箭一般朝跑道前进，先往南起飞，然后轻轻向北。攀升的时候，我往下看着沃思堡市，亿万富翁即将改变这个城市，改变的幅度将不只是表面的：地上的大洞，预告了闪亮的钢筋玻璃大楼即将在此兴建。艺廊、咖啡店、博物馆和高级饭店不久会进驻，连同银行及律师事务所，一起把沃思堡从死气沉沉的小镇变成充满活力的都会中心点。

这个野心勃勃的计划，有系统地迁移游民人口，事实上，这是个很明确的目标，为的就是让我们的城市更适合居住。从三万英尺往下看，我暗地里高兴流浪汉就要被赶到铁路的另一边，因为我厌恶每次去沃思堡俱乐部健身的路上，都会碰到行乞的人。

我的妻子黛比不知道我如此反感，我小心地不让她知道我抱持着如暴发户一样的精英主义。毕竟，九年前我还在卖康宝浓汤，赚取四百五十块的月薪，七年前我才买卖我的第一幅画，而且是悄悄使用（也可说是偷用）黛比的 50 张福特汽车股票，那还是她从得州基督教大学毕业时父母送她的礼物。

对我而言，这些都是遥远的历史了。我像枚火箭，从罐装浓汤蹿升到投资银行，再到艺术界的顶点。简单来说就是，上帝赐给我两种好眼力：一是对艺术，一是对买卖。但那时的我可不这么想。我的想法是，我把自己从中低阶层乡下男孩，一路引导到“福布斯”前四百名，过那种稀有的生活。

我刚开始涉足艺术交易时，还保留白天的投资银行工作。但在 1975 年，我卖掉一幅查尔斯 • 罗素的画，净赚一万美元。买主住在比弗利山，他穿一双白蟒皮镶金鞋头的牛仔靴，镶满钻石的皮带扣大概是盘子那么大……之后我便辞掉银行的工作，在没有退路之下，冒险进入艺术界。

我的冒险得到了报酬。1977 年，我卖出我的第一幅“雷诺阿”，然后在欧洲待了一个月，在传统世界的艺术精英圈子里打响了我的名号，证明了我对艺术的眼光。没多久，朗与黛比 • 霍尔银行户头后面的零就不断增加。我们的收入比不上我们的客户，他们的财产净值在五千万元到两亿之间。但我们受邀到他们的社交圈里做客：在加勒比海乘游艇出游，去犹加敦猎飞鸟，在小岛度假胜地或别墅里寒暄交流。

我照单全收，一整个衣柜的阿玛尼西装变成我的“制服”。黛比没有那么迷恋财富。1981 年，我从亚利桑那州斯科特斯德的劳斯莱斯展示厅打电话给她，车商对我手上一幅重要的画有兴趣。

“你一定不敢相信我刚用画换了什么！”她在我们位于沃思堡的家一接起电话，我立刻这么说。我就坐在那个“什么”里——一辆价值 16 万美元、火红色的“险路”敞篷车，白色皮革内装，红色滚边以搭配车身。我口齿不清，又快又急地对着我的卫星电话大声喊。

黛比听完，然后作出宣判："你敢把那东西带回家就给我试试看！连展示厅都不可以开出去。要是被人看到我坐在那种车里，我会很难堪，更何况是停在我们车道上。"

她刚才真的把劳斯莱斯顶极车系称为"那东西"吗？

"我觉得应该会很好玩。"我试图说服她。

"朗，亲爱的？"

"什么事？"听见她甜蜜的语气让我燃起一丝希望。

"那辆劳斯莱斯有后视镜吗？"

"有。"

"你往里头看，"她说，"有看见一个摇滚巨星吗？"

"呃，没有……"

"你记住，你是以卖画为生的人。现在你给我下车，把你那霍尔特姆市的屁股坐上飞机回家。"

我只得照办。

黛比不屑劳斯莱斯的那年，我在沃思堡大街新兴的文化特区日舞广场开了一间艺廊，并雇用一位叫派蒂的女士来管理。我们展示了印象派和现代大师的画作——莫奈、毕加索及同期的画家，那些画至少都价值好几十万美金，所以在标价及仓管方面也很小心谨慎，因为还有许多流浪汉还不愿搬去新的住所，也就是东南部公路的底下。他们油腻又臭烘烘，每天都有几个人进来纳凉、取暖或探勘一番。黑人占大多数，而且我坚信他们全都是酒鬼和毒虫，虽然我从来没有花时间听他们的故事——我也不在乎。

有一天，一个吸了毒的黑人，穿着肮脏磨破的军队工作服，脚步不稳地走进来。"那幅画卖多少钱？"他含糊地问，并用手指猛戳一幅二十五万美元的“玛丽·卡萨特”。

我担心他抢劫，试着迎合他而不讲事实。“你口袋里有多少钱？”

“五十块。”他说。

“你五十块给我，就可以带着那幅画走出去。”

“才不呢，先生！我才不花五十块买你那幅画！”

“嗯，这里不是博物馆，我也没收门票，所以如果你不买，我要怎么付租金？”然后我便请他离开。

几天后，他带着一个看起来同样龌龊的伙伴，到我这来砸窗抢劫，拿了一袋现金和一些精工珠宝后便往人行道冲。派蒂按下我们几天前才安装的紧急呼叫钮，我从楼上套房往下跑，上演一出电影里的经典追逐战。抢匪闪进巷子，跳过垃圾桶，我在后面紧追，一边大喊：“拦住他们！我被抢了！”

一开始我全力冲刺，但过了一会儿便慢下来，忽然想到要是我逮到那些流浪汉能怎么办。（我提高音量以弥补渐慢的速度）警察在几条街口外逮到他们时，两个抢匪手上空空如也，十条街口的一路上都是他们掉的二十元钞票和珠宝。

这件事完全加深了我认为流浪汉等于流氓的印象，他们如同一群蚂蚁，等着破坏高尚人士的野餐。那时我完全不知道，上帝如何以他精巧的幽默感，安排了其中一个人来改变我的命运。

# 3.

从来没有人告诉过我为什么我的名字叫丹佛。有很长一段时间，大家只叫我小家伙。好像在我还是个小不点的时候，波波——我的爷爷，会把我放在他工作裤前面的口袋里到处走。所以人家才叫我小家伙，我猜。

我妈对我来说很陌生，她只是个年轻女孩，年轻到没办法照顾我。所以她做了该做的事——把我交给波波和大妈妈。在红河郡的庄园和农场就是这么办事的。在有色家庭里，什么组合都有。也许一个成年女性住一间长屋子，采棉花养她的弟弟妹妹，就是个家庭。或者叔叔阿姨抚养姐妹的小孩，那也是个家庭。很多小孩就只有妈妈，没有爸爸。

部分原因是穷。我知道现在这个年代讲这些不中听,但这是事实。往往，男人们在庄园上当佃农，环顾四周，不知道为何自己每年都这么努力在田里工作，却让拥有土地的那个人拿走所有的利润。

因为现在已经没有佃农制，让我告诉你那是怎么运作的：那个人拥有土地。然后他给你棉花种子、肥料、骡、几件衣服，以及所有你在一年内需要的东西。只不过他不是真的给你：他让你在商店里赊账，但那是他的商店，位于他拥有的庄园上。

你犁啊、种啊、照料着，直到采棉花的时候到来。然后到了年终，棉花收完，你就去跟那个人结账。照理说，棉花是一人一半对分，或者六四分。但等到收成的时候，你赊欠那个人太多，你的庄稼就被吃掉了。就算你不觉得会欠那么多，或是那年的收成特别好，但终究是那个人称了棉花以后写下数字，只有他看得懂账簿里的数字。

所以你工作了一整年，那个人什么都没做，但你还是欠他。你没别的办法，只好在他的土地上再做一年以偿还那笔账。结果就是：那个人不只拥有土地，他还拥有你。有一句话是这么说的："应该是应该，数字是数字，全都给白人，什么都不留给黑人。"

当我还是个小家伙，人们说有一个人叫罗斯福，他住在一栋白色房子里，试着改善有色人种的生活条件。但是还有很多白人，尤其是警长他们，希望一切维持原状。这经常让有色人非常气馁，然后他们决定站起来就走，抛弃自己的女人和小孩。有的人是坏蛋，但有些只是很羞愧自己没办法做得更好。那也不算是理由，但这是真相。

我认识的人中，没有谁既有妈妈又有爸爸。所以，我和我哥哥瑟曼、大妈妈及波波一起住，我们没有想太多。我们也有个姐姐赫莎丽，但她已经长大了，住在别的地方。

大妈妈是我爸爸的妈妈，只是我不叫他爸爸，我叫他毕毕，他只是偶尔回家。我们跟大妈妈还有波波住在一座有三个房间的小屋，地板上的裂缝大到可以直接看到土地。屋里没窗户，只有木百叶窗，夏天热的时候我们不介意地上的缝；但冬天时，寒气就会从裂缝探出丑陋的头来咬我们，我们就试着用木板或锡罐的盖子挡住。

大妈妈和波波是有趣的一对。大妈妈是个“庞大”的女人——我的意思不只是她骨架大，她横的、直的，全身都大……从前她用面粉袋给自己做洋装。那个年代的面粉袋其实很漂亮，上面印着花或者鸟，要七八个大袋才能做一件大妈妈的洋装。

另外一方面，波波有点瘦小，站在大妈妈的旁边，看起来更加弱小。她可以把他揍扁，我猜想。但她是个安静的女人，而且很慈祥，我从来没见过她打人，甚至连高声说话也没有过。但不管大妈妈如何温柔，她也还是一家之主。波波除了自己的嘴巴之外，什么都管不了。但波波可以照顾好大妈妈，她不必去田里工作。她把所有的精力都放在了孙子身上。

但大妈妈不只是我祖母，也是我最好的朋友。我爱她，也愿意照顾她。在我小时候的记忆里，她身体不太好，总是在痛。那时候我常帮她去拿药，我不知道她吃的是什么药，她总是管那些药叫红色恶魔。

“小家伙，去帮大妈妈拿两颗‘红色恶魔’，”她会说，“我要舒服一下。”

我帮大妈妈做很多特别的事，比如把脏水罐拿出去倒，或到畜栏里抓一只鸡扭断它的脖子，好让大妈妈炸了当晚餐。每年，波波都会为感恩节养一只火鸡，喂它吃特别好的料，让它长得又高又壮。当她认为我够大的那一年，大妈妈说：“小家伙，你去外面把火鸡的头扭断。我来把它煮了。”

我跟你说，这活可真是不好干。我出去找那只公火鸡，它看到我马上一溜烟就跑掉了，像是魔鬼在追它。它跑过来又跑过去，踢起地上的土，叫得像是我正在杀它一样。我追那只“鸟”追到腿快断掉，一直到那天，我才知道火鸡会飞，它像一架飞机一样，飞到一棵高高的丝柏树上。

那只“鸟”也不是傻瓜。它一直待到感恩节过了三四天之后才回来，害得我们那年只好吃鸡肉。

火鸡逃跑后，我很笃定这回一定要挨平生第一次揍了。但大妈妈只是笑个不停，笑到我以为她快爆炸。我想是因为她知道我尽力了，她就是这么信任我。事实上，她对我的信任超过对我爸爸和我叔叔、伯伯——她自己的儿子——的信任。比如她绑在腰上那条放钱的腰带，她只允许我到她洋装下把钱拿出来。

“小家伙，你到下面帮我拿两个十分和一个二十五分出来。”她会说，并让我把钱拿出来，交给收钱的人。

大妈妈总是会留东西给我，像是一些薄荷糖或是玻璃瓶盖，我就可以拿来做卡车。要做卡车的时候，我就拿一块木头，把四个瓶盖钉上去，前面两个，后面两个，然后就有一辆卡车可以在地上推过来推过去。但这种时候少之又少，我从来不是爱玩的小孩，也从来没有在圣诞节要过礼物。我的个性就是这样。

我想，这也是为什么在生命中第一次悲剧出现的时候，我会有那样的反应。

在我五六岁的时候，一天晚上，大妈妈的腿又疼了，叫我给她拿两颗“红色恶魔”之后就上床睡觉了。没过多久，我和瑟曼也睡了，但我们的表哥丘克说他还要在火炉边坐一会儿——他那时候跟我们住。

我和瑟曼的房间是屋子最里面的一间。我没有床，只有个床垫放在木板上，几个水泥砖垫着。但我还蛮喜欢的，因为我头上就是窗户。夏天的时候我可以开窗，闻到泥土温暖的味道，看着星星对着我眨眼。

那时候的星星似乎比现在多，没有什么电灯遮蔽天空。除了月亮在黑暗里切开一小角，夜晚黑得像糖蜜一样，星星就像碎玻璃在太阳里发出的光。

我有一只小猫，在它还是一团小毛球的时候我捡到的。我现在不记得以前叫它什么，但它每天晚上都睡在我胸口。它的毛让我的脸发痒，它的呼噜声对我而言就像催眠曲一样，那个节奏让我安稳入睡。那天晚上，我好像已经睡了一阵子，猫忽然从我的胸口一跃而起，跳起来的时候还抓伤了我。我大叫一声醒来，这时小猫已经跳到了窗户上，大声叫个不停。我起来看它到底是怎么回事，在月光下，我看见屋子里有烟。

一开始我以为是幻觉，就使劲揉了揉眼睛，再睁开眼睛的时候烟还在，还一直转啊转的。我先把猫从窗户赶出去，然后跑到大妈妈的房间。虽然没看见火，但我知道房子着火了，因为烟越来越浓。火焰不知道在哪里，但我的喉咙和眼睛都像烧起来一样。我一阵猛咳，跑到前门，发现波波因为出门工作，把门锁了起来。我知道我还能够得到后门的木头闩子。

我跑回房间，试着把哥哥叫醒。“瑟曼！瑟曼！房子着火了！瑟曼，快起来！”

我使劲摇着他，但他睡得太死，怎么都摇不醒。最后我把他的毯子掀起来，尽全力用拳头打他的头，他这才跳了起来，气得跟淋湿的猫一样把我扑倒。我们滚倒在地上打了起来，我一直对他大叫说房子着火了。过了一分钟他才听明白，然后我们俩赶忙从窗户跳到外面的草丛里。虽然瑟曼年纪比我大，但他跌倒在地上以后就开始哭。

我脑子里飞快地想着我能做什么，大妈妈还在屋子里，丘克也是。我决定回去，试着把他们弄出来。我跳起来抓住窗户边缘，赤着脚一扭一摆地蹬着木板往上爬。进屋后，我往前面的房间跑，尽量让身体比烟还低。这时候我看到，丘克还坐在火炉边，一手拿着火钳，盯着火的眼神很呆滞。

“丘克！屋子着火了！帮我扶住大妈妈，我们要赶快出去！”但丘克只是继续捅着火炉，完全恍惚。

我抬头看见火星从烟囱底下冒出来，像旋转木马一样混入打着转的烟里。这时我才知道是烟囱着火了，可能连屋顶也着起来了。我一直咳个不停，但还是得想办法救我祖母。我压低身体摸索着到她房里，她像瑟曼一样睡得很熟，我一直摇她，但她就是不醒。

“大妈妈！大妈妈！”我对着她的耳朵大叫，但她比较像死了而不像睡着。这时我能听见烟囱里火焰的声音，像火车一样轰隆响着。我一直拉大妈妈，试着把她拉下床，但她太重了。

“大妈妈！拜托你！大妈妈！醒醒！房子着火了！”

我以为烟把她呛死了，我站在那儿，心碎成两半，眼泪从脸上滚了下来。一部分是因为悲伤，一部分是因为烟。这时里面很热，我知道我一定要出去，否则也会死在这里。

我跑到前面的房间，对着丘克大喊大叫又咳嗽：“你一定要出去，丘克！烟把大妈妈呛死了！赶快出去！”

丘克只是转过头看着我，眼神跟死人没两样。“不，我要和大妈妈留在这里。”我奇怪，他甚至没咳一声。然后他又继续捅着火炉。

这时一个爆裂声，吓了我一跳，马上往上看去：屋顶就要塌了。烟很浓，已经连丘克都看不清楚了。我趴下来摸索前进，直到摸到圆形火炉的炉脚，确定我已经靠近后门。我再往前爬一点，看见一小道月光从门缝底下射进来。我站了起来，尽可能往上够，勉强用指尖勾到木头闩子。门一下子就打开了，我滚了出去，黑烟像一群恶魔一般紧贴在我后背翻腾着。

我跑出去找瑟曼，他在靠大妈妈房间那一边的屋子前大哭着。我也在哭。我们看见火舌沿着屋檐包围着木板，然后烧掉屋子一侧的墙。一阵热浪逼得我们退后，但我止不住大叫：“大妈妈！大妈妈！”

火像龙卷风一样一直盘旋到黎明来临，轰隆与爆裂声不断，散发着黑色的味道，闻起来像原本无法燃烧的东西却在疯狂燃烧。最可怕的是大妈妈在屋顶烧塌的时候醒来，我可以看见她在火焰和烟之间打滚，呼喊着主的名字。

“上帝啊，帮帮我！救我！”她在浓烟里大喊、扭动和咳嗽着。紧接着又是一个巨大的爆炸声，大妈妈尖叫着，我看见一块大木头掉下来把她压在床上。她再也没有移动，但继续大喊：“上帝啊，救我！”

我只听见丘克叫了一声，之后就没再发出声音。我站在那儿尖叫嘶吼，眼睁睁地看着我的祖母被烧死。

# 4.

我刚才提过，我家不是富有人家。我出生在沃思堡的中低阶层地区，叫做霍尔特姆市。那个城市很丑陋，全得州都买不到介绍这个地区的风景明信片。一点也不奇怪：谁会想参观一个家家户户的院子里只有破烂拖车房屋、拆光零件的汽车，还有绑着长链条的看门杂种狗的地方？以前我们常开玩笑说，霍尔特姆市唯一的重工业，是三百磅重的雅芳直销小姐。

我的爸爸叫厄尔，是由单亲妈妈和两个没结婚的阿姨抚养长大的，她们俩爱吸盖瑞牌的烟，浸过烟草的口水老是沿着下巴往下流，然后在皱纹里干掉。我最讨厌亲她们。爸爸从前是个充满喜感又风趣的人，在可口可乐公司工作四十多年之后退休。然而不知道从我童年的哪一天起，他掉进了威士忌瓶子里，一直到我长大以后才出来。

我妈妈汤米是得州拜瑞市一个佃农的女儿。我们身上穿的每一件衣服都是她做的，她烤饼干，在我参加小联盟时帮我加油打气。小的时候，她和兄姐都骑马上学——同一匹马。她哥哥叫巴弟，她姐姐叫艾薇丝，跟猫王艾维斯的发音一样。

汤米、巴弟、艾薇丝，以及后来最小的薇达梅，全都在外公杰克·布鲁克斯的黑土农场上捡棉花。

这个嘛，大多数人都没兴趣买得州的黑土农场，因为一点也不浪漫。就地形来看，多是平地，因此没有那种沐浴在夕阳下的小山丘可以让你站在上头，望着庄园房屋，宣称灵魂深受爱尔兰式对土地热爱的感召。事实上，土地本身贫瘠透了，那糟透的土壤就像水泥的原始形态。一点点晨雾，都会让穿着工作靴的脚每走一步就像拔起一根泥柱。半英寸的降雨量，也会让最勤奋的农夫想把牵引机开回柏油路上，因为不想在接下来的几天边咒骂边挖出他的“约翰迪尔”[1]。

这也不意味着我外公家缺少任何乡村趣味，那地方位于沃思堡东南约七十五英里的科西卡纳外围。我哥哥约翰和我，都选择到这里过暑假，我们认为这比起花三个月时间，经常到无尾猴子酒吧把爸爸找回来要好多了。

所以每年六月，妈妈开车带我们回家时，我们都开心得像放假的军人，从她的庞蒂亚克跳下来，冲向外公外婆有着沥青屋顶的农庄。房子建于上世纪二十年代，像一个盒子的形状。我不记得是什么时候才有屋内自来水管的，只记得我还小的时候，后门旁边有个贮水槽，专门用来接屋顶流下来的雨水。要吃晚饭的时候，我们就从贮水槽舀一点水，用外婆在后门廊放的一个瓷盘里的熔岩肥皂洗手，触感像是用砂纸摩擦皮肤。你要是在黑土农场工作，也只有熔岩肥皂才能洗净手上的泥巴。

外公像头骡子一样勤奋工作，是个真正的红脖子[2]。这是因为他每星期

---

[1] 生产农业机械的美国公司，全球最大。

[2] 系指早年美国南方的农民，因成天弯腰低头在农田耕作，脖子晒得红红的，他们多数为极端保守的白人，受教育程度不高，信仰基督教，歧视外来有色人种。

有六天都穿咔叽裤、长袖咔叽工作衫和工作靴在工作。他全身雪白，只有手晒成古铜色，像皮革一样；当然了，他的脖子从左到右满布印度红的粗皱纹，像沃土上的犁痕。他是个正直诚实的人，愿意向任何需要帮助的人伸出援手。他也是我有生以来所知最勤奋工作的人。巴弟舅舅给我讲外公的故事，说他在第一次世界大战后，只身回到得州。战后，二十多岁的外公想尽办法照顾妻子和四个小孩，并负担一个小农场。有一天，他问一个叫伯恩斯的老农夫邻居，他怎样才能养活全家。

“杰克，你照着我做吧，”伯恩斯说，“我工作的时候你就工作，我去城里你就跟着去城里。”

你大概可以猜到，伯恩斯先生从来不去城里，我外公也很少去。黄尘时期[1]和经济大萧条时期，外公瘦到必须在口袋里放石头才不会被风吹走。那个时期连银行也没钱，就算你是洛克菲勒[2]，也借不到五分钱。外公坚韧不拔地撑了下去，他白天一整天都在田里捡棉花，晚上用骡车拉到轧棉厂。他在棉花垛上睡觉，排着队等着轮到他轧棉，天亮时再拉回田里，重复这首“棉花华尔兹”直到这一季收成结束。

夏天大部分日子里，我和约翰都跟外公在田里捡棉花，有时候坐在牵引机的车盖上。没跟外公在一起的时候就常惹麻烦。外婆在农场旁靠路边有一个很大的桃子园，我最喜欢果园里水果成熟时空气中丝丝的甜味。熟透的桃子是最棒的手榴弹。有一天，约翰跟我比赛，看谁能从最远的地方用力击中路过的汽车。

---

[1] 特指二十世纪三十年代发生于北美的一系列沙尘暴侵袭事件，美国和加拿大大草原上的生态以及农业都遭受了巨大损失。

[2] 洛克菲勒（1839—1937），美国实业家、慈善家，以石油工业与塑造现代慈善的企业化结构而闻名。1870年创立标准石油，在全盛期垄断了全美90%的石油市场，成为美国第一位十亿富豪与全球首富。

“我赌我可以先击中！”约翰从他的战斗位置大喊着，他站在一棵高高的满挂成熟水果的树上。

我在另一棵树的两根树枝中间，排好黏糊糊的“子弹”：“我赌你不行！”

我们试了几次，其中一个人——我们到现在还是不晓得是谁，终于击中一辆福特车的风挡玻璃。开车的是个女性，她把车停到路边，大步走进农舍跟外婆告状。听她的控述，仿佛我们用野战炮攻击过她一样。外公回到家以后，从桃树上砍下一根细枝，把我们俩狠狠打了一顿。我们另一次挨鞭子，是在未经允许下，把包括锡屋顶在内的整间鸡舍漆成可怕的淡蓝色。

可是，外公自己也喜欢胡闹。回想起来，他的一些恶作剧倒不算是恶作剧，而比较像是教男孩怎么变成男人。有一次，他把约翰和我丢进马槽，目的是要教我们游泳，事后才想起来他自己也不会游，根本没办法救我们。不过我们俩很快就学会了游泳。

有一年我们待在老家过圣诞节，约翰跟我打开两个闪亮包装，里头是一副拳击手套。外公把我们俩塞进他的小货车里，载着我们到巴瑞的加油站，当年那种地方也是老人下象棋、喝咖啡、聊天气和讨论牲口价格的地点。外公早已偷偷打电话给城里的家长，只要是年纪与我们相差三岁左右的小孩，就会请他们把小孩也带来。那天早上，他们乘着圣诞节的尘土赶到加油站，用小货车围成一个拳击场。约翰和我得和来的每个小孩对打，早餐时间还没到，两人的鼻子就都挂了彩，我们觉得很棒。外公自己笑得岔了气。每年圣诞节早上骑着新生的小牛，看它们用温暖的鼻息在寒冷清晨的空气里画出花纹，还有，那一次是我最爱的圣诞节回忆。

在农场上，外婆的工作是挤牛奶、养小孩和照顾花园，冬天给桃树、青豆和南瓜搭遮蔽，然后每天给外公做两个巧克力派。他晚餐吃一个，消夜再吃一个，一辈子维持 6.1 英尺、140 磅重的瘦高个子。

以前大家说外公跟基尔迪看起来像，基尔迪是在布鲁明·葛罗理发店工作的黑人擦鞋匠。老基尔迪也是个瘦高个，嘴里没一颗牙齿，以前他常把下巴往鼻子上贴来娱乐大家。外公有一次给约翰五十美分，叫他亲基尔迪一下，约翰开心照做，不只因为赚到糖果钱，还因为大家都喜欢基尔迪。

直到今天，基尔迪还是得州布鲁明·葛罗市里唯一葬在玫瑰山墓园的黑人，和纳瓦罗郡最显赫的白人家庭的祖先同眠在一处。

在乡下其他地方，可能只有死人才不担心隔壁睡了个黑人。上世纪五十年代开始的民权运动，直接跳过得州科西卡纳市，就像湿润的春雨可以不顾农夫最殷切的祈祷，直接跳过一块干枯的地一样。

上世纪五十年代，南方的社会秩序就像煤炭放在雪堆上那么显而易见。科西卡纳市的白人家庭大多住在农场上，或在城里排列整齐又刚刷好油漆的房子里。有色人有自己的居住区，在铁路另一边靠近轧棉厂和牲畜交易所的畜栏那边。我不知道那里有没有个正式名字，但我只听过别人称那里为“黑鬼城”。

在当时，这似乎不是什么坏事，因为住在那里的人都很和善，有很多人在外公的田里工作。就我所知，他们的名字都叫黑鬼，姓跟我们的名字一样：比尔、查理、吉姆等。有些人甚至叫《圣经》中人物的名字，例如亚伯拉罕、摩西、艾萨克。所以有“黑鬼比尔”和“黑鬼摩西”，但从没有人叫他们正式的姓名，比如我叫朗·雷·霍尔，或我外公叫杰克·布鲁克斯。说真的，那个年代似乎也没理由知道他们的姓，因为不会有人要开支票给他们，也绝对没有什么保险单要填之类的。我从没认真想过这个问题，当时的情况就是这样。

黑鬼城是一排排的两房简陋木屋，用灰色木材或是像从船难中捡回来的木头盖成，排列得像二手车厂的汽车。有人称其为“盒子屋”，因为我后来发现，那些屋子小到如果站在前门对着房子开枪，子弹会直接从后门射出去。

或许房子是在别的地方盖好的，因为房屋和房屋之间挤到没办法挥动榔头。仿佛有人用起重机把房子吊过来，直接放在锯好的桑橙树干上，因为下面一览无余。反过来想这也是好事，因为这些开放的地窖，让狗和鸡在得州的烈日下有地方遮阳。

外公雇用很多有色人和一些白人来帮他照顾棉花田。每天早上天还没亮，我们就开着卡车到黑鬼城，听到喇叭声、有能力除杂草，或那天也想工作的人，无论男女老幼，都会从屋里蹒跚走出来，边走边穿衣，然后爬上卡车。卡车上没什么安全扶手或硬性的安全规定，外公就尽量开慢一点，以防把人甩出去。

干了一个早上的活儿后，我们再把所有工人装上车，拉到兼做杂货店的加油站。工人们在白瓷肉品柜台的玻璃窗前排队，选一块厚熏肠或红椒腌黄瓜火腿和一块车达乳酪，外公站在收银台付账，会再加上一罐沙丁鱼罐头或几个生洋葱让大家分着吃。大家都拿着用白色包装纸包好的午餐，到商店后面坐在地上吃。那边有个贮水槽供饮水，罐子用黑色带子绑着，这样就不会有人搞错要用哪一个罐子喝了。

安排好有色工人之后，我们就跳回货车上，载那天来工作的白人回到农舍用晚餐。外婆总是摆好菜等着，炸鸡、新鲜眉豆、自己做的热奶油面包，然后总会有个派。我那时候虽然小，但看到有色工人在加油站后面的地上吃午餐肉，而白人工人像家人一样聚在一起吃热腾腾的家常菜时，也会因此觉得不安。有时候我有冲动想做点什么，却一直没有。

一天工作结束后，外公会付给所有工人同样的工资—— 一人三块或四块，然后拉着他们回城里。他一向和大家公平交易，甚至无息贷款给黑人家庭，在冬天工作不多的时候帮助他们撑过去。杰克·布鲁克斯借贷都是只握手，不记账，因此外婆也不知道都有谁欠了他们的钱。也因此，科西卡纳的黑鬼非常敬重他，1962 年外公过世了，有些人不请自来向他致意及还债。

六七岁时我也开始在田里干活儿了，就是和他们一起劈棉花。

十四岁那年中的一天，我和一些人一起劈一长排的棉花，那时汗如雨下，还得对抗跟小型外国车一样大的蝗虫。黑土农场上的蝗虫是邪恶昆虫，像刺果一样会挂在你的衣服上，如果你要把它剥下来，它就会吐出恶心的咖啡色汁液。那天热得难受，热气在身边嗡嗡作响，仿佛外公把棉花种在有很多虫子的外星太阳下。

为了打发时间，在我身边劈棉花的两个人开始聊起他们晚上的活动安排。其中一个大家叫他黑鬼约翰，我有记忆以来他就开始帮外公工作。他一锄头锄进一片新鲜的强生草和刺夺麻丛里。“等太阳下山，”他跟他的朋友艾摩斯说，“我就要到芬妮那边喝杯啤酒，再找个女人。真希望现在就能去，真的快要烤焦了。”

“我跟你一道，”艾摩斯宣告说，“只是我无法决定要一个女人和两杯啤酒，还是一杯啤酒和两个女人。”

约翰对着艾摩斯狡诈一笑。“你何不叫两个女人，然后一个给朗尼·雷？”

我知道他们说的“芬妮”是“点唱机酒吧”，传说那里是个黑漆漆又烟雾弥漫的小空间，是三教九流的流连之所。但十四岁的我还是没想过一个男人可以简单地“叫一个”女人，更别说是两个。我低下头仔细听着，假装正在锄一块特别难锄的杂草。

约翰不吃这一套。“你怎么这么安静，朗尼·雷？”他取笑我，“你是说，你没喝过温热的啤酒也没抱过冰凉的女人？”

虽然我很年轻，虽然这个世界还有很多东西我没经历过，但我也不笨。我站直身子，把稻草帽往后推，对着约翰微笑：“你是不是讲反了，约翰？你的意思是说冰凉的啤酒和温热的女人吧？”

接下来的一分半钟，约翰和艾摩斯表现得好像需要叫救护车一样。他们跌在彼此身上，大吼大笑，笑声像音乐传遍田里。直到约翰终于回过神来，把我的天真掀开一角。

“不，朗尼，我没说反！”他说，“芬妮那儿的女人，火辣到要坐冰块冷却一下才能‘办事’。‘芬妮’小姐才不把冰块浪费在啤酒上。”

这就破坏了大规矩——外公外婆绝对禁酒。约翰认为我生日当天必定得体验一下“温啤酒”，并且把这个当成了他的任务。笑了我几天之后，他和艾摩斯终于对我“下手”。

“你晚上到‘芬妮’来，我们帮你搞定。”约翰承诺。

于是，在一个热气腾腾的八月傍晚，我悄悄把外公的“雪佛兰”从山上农舍推到山下，安静启动引擎，开十英里到了科西卡纳。我那劈棉花的同伴正在铁路那边等我。

我还不曾在没有外公带领的情况下自己去黑鬼城，所以我很紧张，我们三个人沿着泥巴路走在盒子屋之间，路上连一颗灯泡都没有。大多数人坐在门廊里，在黑夜里瞪大眼睛看着我们，漆黑之中只有偶然一盏煤油灯、一根划亮的火柴，或是香烟的橘色微光。我们仿佛走过了大半个得州，才听见飘来的吉他声，像梦一样，一栋矮房子在黑暗中逐渐成形。

走进“芬妮”，屋内是烟雾迷蒙和暗红色灯光。一个体态丰满的女人站在肮脏的舞池前低声唱着蓝调，让整个地方像热带的雨落到滚烫的沙上一样热气蒸腾。约翰和艾摩斯介绍我给他们的朋友认识，他们把我当地方名流一样打招呼，塞给我一罐蓝带啤酒后就离开了，啤酒就跟他们说的一样，是温的。

接下来的一小时，我自己一个人坐在角落里，盯着赤裸着上半身的汗湿男人和洋装紧贴着皮肤的女人侧影，他们交缠着身体，那种性感舞步我前所未见。但我听过这种音乐，真正现场的蓝调，演唱者的名字通常叫闪电霍金斯或胖莎拉。午夜时分，沃夫曼·杰克在拉里多的广播节目里，在受杂音干扰中传来的现场演出。

我假装痛饮蓝带啤酒。然而等我确定没人看见的时候，把啤酒泼到肮脏的地板上，因为我发现啤酒的味道令人作呕，让我想起去无尾猴子酒吧找父亲的往事。

# 5.

没过多久，大妈妈的房子就被烧成一堆冒烟的红色木炭。火熄灭之后，我光坐在旁边哭，不懂上帝为什么要夺走我最爱的人。

一段时间后，有人带我和瑟曼到大海湾和我爸爸毕毕同住。他对我来说很陌生，到现在也搞不清楚他以什么为生，只知道他在城里工作，好像是在什里夫波特市，在我阿姨佩莉·梅的家再过去一点。他在铁路局工作大概能赚一点钱，因为他有钱买车，而且还是双门的大车，像庞蒂亚克那种。

毕毕身材魁梧，身高不到六英尺，但看起来很高。从小我就知道他女人缘很好，毕毕也爱女人，常同时跟三四个女人交往。礼拜天的早上他不会踏进抹大拉的马利亚浸信会教堂一步，因为其中一两个女友是已婚妇人，她们跟丈夫都是会众。

但这不代表毕毕不爱耶稣，他只是得想别的法子在礼拜天拜访他。于是，他跟我和瑟曼上教堂的方式，就像开车看露天电影。教堂距离道路不远，外观漆成白色，门口有棵薄壳胡桃树，树荫下有些参差不齐的杂草。我们不像其他人，停好车从对开的大门进入，毕毕是直接把他的庞蒂亚克停到教堂旁边。他们一定是知道我们会来，因为毕毕开过去的时候，牧师就过来把靠车这一边的窗户打开，我们就能坐在车子里听布道。

我看不见教堂里头，但我能听到唱诗班以及会众唱圣歌的声音。如果有我喜欢的，我就跟着唱。

他的手中有河流和高山
他的手中有汪洋和大海
他的手中有你，他的手中有我
他的手中有全世界

我希望他的手中有大妈妈也有丘克。我很确定他们的确在他手里。

唱完之后，牧师就开始布道。他有自己的一套风格，他喜欢先用温柔低沉的声音起头，像唱摇篮曲一样，但没过多久，便激动到冒出一身正义凛然的大汗。我记得他说“上帝”的方式有点拖长，“上——帝”。

他最爱讲的就是罪。

“罪就是什么呢？罪就是上帝给你一个射击目标，但你没射中。”他会说，“懒惰是罪，因为‘上——帝’给你的目标是勤奋；愚蠢是罪，因为‘上——帝’给你的目标是智慧；欲念是罪，因为‘上——帝’给你的目标是贞节。现场有没有见证人？”

“阿门！”整个教会的人大喊，“赞美耶稣！”

我看不见说话的有谁，因为窗台比我高很多。但我记得里面的人反应非常热烈。布道结束之后，唱诗班接着唱歌。然后会有某个人把奉献盘递到窗外，毕毕就丢些钢板进去再递回去。

我跟瑟曼和毕毕住在一起还没几个礼拜，有一天晚上，毕毕离家之后就再也没有回来。一个解释版本是，他的车在一号公路上抛锚；另外一个版本则是有人对他的车动了手脚。不管哪一个才是真的，总之他把车驶离公路，停在大海湾社交俱乐部旁，然后有人从林子里冲出来把他捅死了。有人说，杀死他的人是其中一个跟他有关系的女人的丈夫。我一直不晓得那人是否也是星期天和我们一起做礼拜的会众之一。

隔天，我叔叔詹姆斯·史提克曼驾着骡车来接我和瑟曼。我们搬到另一座农场，詹姆斯叔叔和艾莎阿姨在那里当佃农。

很多人说，佃农制就像新的奴隶制度。许多佃农（包括路易斯安那州少数的白人佃农）不只有一个主子，事实上有两个。一个是承租地的地主，第二个就是让你赊账买东西的商店店主。有时候两者是同一个人；有时候是不同的人。

拥有土地的人总是要你种越少食物越好，然后多种一点棉花好让他卖钱。在红河郡，这表示棉花是从门口种到路边。拥有土地的人最后变成你的主子，因为不管你交出去多少捆棉花，你永远欠他。我跟瑟曼、詹姆斯叔叔及艾莎阿姨一起住的第一年，我们好像交出两捆或三捆棉花。隔年我们交出五捆，但还是欠债。我们没拿到钱，什么都没有，唯一得到的特权就是再住一季，以偿还我们欠的钱。我虽然只是个小孩，但也在思考为什么我们工作那么辛苦，但每年还是欠债。

我知道那时候的白人瞧不起黑人，他们觉得我们又懒又笨。很多年之后，我还发现他们把黑人佃农当做额外的负担，觉得我们像象鼻虫，会带来破坏。

有人跟我说，他忘了在哪里听到一个农场主说：佃农什么都没有，什么也不要，没有任何期待，也不试着去拥有什么，他们只会浪费和破坏一切。

我想那个农场主一定不认识我的詹姆斯叔叔。叔叔辛苦替主子种棉花，期待用这份工作得到的报酬来供养我们。他也是有话直说的人，没有人惹他——连主子也不会。又过了三年，詹姆斯叔叔受不了继续负债，他跟主子说他受不了了，打算举家搬到一个大庄园，听说那边的待遇比较好。主子也没说什么，他并不在乎詹姆斯叔叔欠他的钱，所以他没来追我们。

我们搬去的庄园非常广阔，一块又一块的田中间种着成排的胡桃树，每一块田都属于"棉花王"。我们到那里的第一年，棉花田里花开得正盛，我记得那一排又一排、一亩接着一亩的红白花朵从四面八方迎向蓝色天空。

那个庄园的主子雇用詹姆斯叔叔和艾莎阿姨捡棉花，也做一点佃农耕种。大妈妈的姐妹（我的姨婆）也住那里，我不知道她叫什么，只记得以前我都叫她阿姨。也许是因为我很怕她，以及她用树叶树根磨粉的那套怪力乱神的行为，特别是那次她祈雨成功以后。

詹姆斯叔叔用一头叫吉妮的骡子犁田。那时候，大家常争论到底是马好还是骡好。我从小到大都站在骡这边。骡的寿命比马长，不像马那么容易生病，也不会抱怨夏天太热。而且你可以训练骡的智力。当你说"吉"它就右转，说"吼"它就左转，吹口哨它便过来；可是马不是这样，你叫它做什么它还挑剔。骡子也不会踩到棉花树丛，不像马那么笨。骡子也不必浪费时间去喂它，吉妮会去林子里满足自己的需要。

詹姆斯叔叔和吉妮犁田的时候，瑟曼和我就跟在后头。有时我们胡闹起来，把泥巴往对方的头上丢，当然这只发生在詹姆斯叔叔没注意的时候。他一朝我们看过来，我们就一派认真，春天时帮忙撒棉花种子，夏天时帮忙抓夜盗蛾的幼虫。可是当我们一静下来，就很想念大妈妈，想到胸口痛。

艾莎阿姨也跟我们在田里工作。她是个淡色皮肤的漂亮女人，高挑又亲和。她和詹姆斯叔叔一起工作，一起劈棉花、锄地，也一起捡棉花。等太阳晒到头顶，她就撩起裙摆回到屋里煮饭，因为她负责煮饭。

你或许以为那个时候只有女人才煮饭，其实事实不是这样的，只不过女人在屋里煮，男人则在林子里煮。

禁酒令早就解除，但在红河郡的商店还是买不到威士忌。我告诉你，林子里的玉米酒酿酒场简直跟树林里的伞菌一样多。

提到酿私酒，很多人以为就是乡巴佬和红脖子在大白天里坐在自家门廊，拿着玻璃密封罐喝“白色闪电”[1]。有的时候是这样没错。詹姆斯叔叔曾跟我提过一个他认识的白人佃农酒鬼：大部分时间，他就拿着一壶酒躺在院子里，跟猪一起懒在那里也一样开心。詹姆斯叔叔有点瞧不起他。

但正派体面的人也酿私酒。我认识一些黑人，在别处的白人庄园或农场工作，而那些白人是银行家之类的，没有一个不在自己的地方酿私酒。他们在林子里藏了个酿酒场，隔三差五就可以小酌一点威士忌。我大了一点之后，主子也带我去过那里一两次。

“爬高一点，看到有人靠近就叫我。”主子跟我说，于是我便爬到树上把风，注意警长是否出现。

总之，詹姆斯叔叔家是艾莎阿姨煮饭。我们杀的东西她都能变成一道菜，负鼠、浣熊、兔子，什么都可以。

艾莎阿姨也种菜，因为我们不可能去摇摆小猪超市。唯一可以去的是主子的商店，买一点盐、胡椒和面粉，这些东西都是我们没法自己做出来的。所以，我们吃的东西大多从林子里或土里来。艾莎阿姨的菜园有许多好东西，

[1] 酒精浓度非常高的私酒。

比如豌豆、利马豆、洋葱、番薯和马铃薯。我记得她切野桃子或野梨子用糖熬煮时所散发出的甜味。早上她拿出小面包和果酱,散发出黏糊糊的甜味,像夏天的天堂。

我们自己种青菜、羽衣甘蓝、芜菁甘蓝和芥菜，用猪背部的肥肉和一点盐一起炖，再配上一大块玉米面包。玉米粉是我们拿自己种的玉米到主子商店旁边的小磨坊去磨的，商店里的白人会帮我们磨玉米，然后主子把磨的钱记在我们账上。我从来不晓得确切是多少钱。

他还会给我们免费牛奶，因为牛是我们照顾的。但要是有牛产不出奶，就会怪在我们头上。

圣诞节是杀戮时刻。每年主子都给我们两头猪去养。圣诞节一到，我们就把猪杀掉，挂在熏制房里。我管理熏制房，负责生火和看火，这个工作最棒了，因为我没事就能偷吃一小块肉。

艾莎阿姨喜欢做猪油渣，现在已经很少见了。首先，她在一个大的铸铁洗手盆下面生火，再倒进一大堆猪油，然后一直煮到油冒泡泡，上面浮起一块块脆硬的油渣，这就是猪油渣。油渣的味道会让田里工作的人丢下锄头，吸着鼻子走到滚沸的锅旁，像蚂蚁追逐教堂的野餐。我们把它当糖果吃，油渣还可以做猪油渣玉米面包。

那两只猪通常可以让我们撑一整年，因为我们连一丁点也不浪费。白人比较挑剔猪肉部位，我们不会。我们吃猪鼻子和猪尾巴，以及中间的一切——从头到尾都不放过!

如果一整年就只有这么多肉可以吃，当然一点都不能浪费。就算如此，我们还是得另外想办法加菜。我猜大概除了臭鼬以外，我们什么都能吃。有一次我在屋里给一只臭鼬下麻药，艾莎阿姨一看到就大叫：“你这小子，把那只臭鼬给我拿出去!”

詹姆斯叔叔打我屁股，但不是当场，因为我实在太臭了。我得先去溪里用碱性肥皂洗掉臭味，然后才回家被打屁股。

我被打过不少次，通常是用一根胡桃树的树枝。有时候，我会走到我不该去的远方，只为了跟一个我喜欢的女生讲话，因为我觉得回去被打屁股也值得。我最常因此而挨打。

“小孩子心里都是些蠢想法，”詹姆斯叔叔板着脸说，引用《圣经》的话，“棍子的惩罚肯定可以赶走那些想法。”

不过有时我惹了麻烦，他只是笑着看我。“这次我不打你，”他会说，“但你再敢做一次，我就好好打你一顿。”有一次我累积了大概四份的挨打量……

他照管我们的愚蠢，艾莎阿姨则照管我们的身体和灵魂。我们很少生什么病，但真的生病时，阿姨一定有治疗方法——用她称之为“牛立茶”的东西。

牛立茶是淡咖啡色的，有点像主子商店里卖的立顿茶，但要浓得多。牛立茶是用牛粪上长出来的白色伞菌泡的。但泡的时候有个秘诀：不只要用伞菌，还必须加上一点点牛粪。所以才叫做牛立茶。“牛”就是牛粪，“立”就是立顿。至少艾莎阿姨是这么跟我说的。

泡牛立茶的方法：把伞菌和一点点干牛粪磨好以后过筛；不能用新鲜的绿色牛粪，因为这样不能磨；干牛粪磨成细粉末以后，放到一块布上，然后扎起来；加一点蜂蜜到沸腾的锅里，把布包放进水中，直到冒出泡泡，水变成咖啡色。牛立茶就做好了。

我生病的时候，艾莎阿姨就会叫我喝一整罐。

“良药苦口！”她会说。然后她送我上床躺平，盖上一堆被子，管它是夏天还是冬天。到了早上，整张床透湿，床单变成黄色，但我的病就这样好了。我到快长大成人时才知道我喝的是什么……

# 6.

到 1963 年以前，我每年夏天都在外公外婆家度过，直到我去念得东州立大学为止。该校是得州最便宜的大学。那时，看女孩—追求女孩—把女孩追到手，差不多就是我的整个世界。但是在我家负担得起学费的学校里，大部分都是农家女。我从我的好朋友史古特·切尼那里则听说沃思堡以西九十英里的得州基督教大学里，到处都是富家千金。我虽然在那一带长大，却从来没进去过。

我们想象富家千金都开着完美钣金的新款跑车，参加乡村俱乐部，而且她们住的房子底下没有轮胎。我们也笃信她们一定比农家女漂亮得多。

虽然我不认识半个富家千金，但我已经在脑海里刻画出她们的模样。十二岁的时候，我和我弟弟喜欢玩“抢拍王子”，类似扑克牌游戏。我们坐在外婆家的门廊上，慢慢翻一本席尔斯百货公司的时装目录，比赛看谁最快把手按在那页最漂亮的女孩身上，先按到的就可以把她当假想女友。我坚信得州基督教大学的女生都长得像席尔斯时装目录里的模特。

后来，还真的差不多如此。可是，我第一次和这类尤物的约会，却因为服装而酿成一场大灾难。

我亲爱的妈妈汤米总是给我们做所有衣物，因此我打包进大学的时候，皮箱里都是她用粗麻布袋精心缝制的爱心衬衫。但我到了得东州立大学，发现大部分男孩子穿的是咔叽裤和马德拉斯棉布衬衫，那种天然印度染料的棉布衬衫。粗麻布袋显然已经过时了。

我担心地打电话给妈妈："这里的人穿衣服都跟我不一样。他们都穿马德拉斯棉布衬衫。"

"什么叫马德拉斯棉？"她问。

我想办法解释："嗯，有点像格子图案。"

对妈妈而言，格子图案就是格子布。她开车到汉克布料店，买了几码的格子布，帮我做了一整套格子衬衫和短裤。

在学校里，史古特和我成功敲定与两个得州基督教大学女孩的初次约会，她们俩都是 Tri Delta 姐妹会 [1] 成员。我们要带她们到阿蒙卡特体育场，帮得州基督教大学美式足球队——角蛙队加油，因为是主场，门票早已售罄。帮我们牵线的朋友说我的女伴凯伦·麦克丹尼尔长得有点像娜塔丽·伍德 [2] 。

与这样的女伴约会，需要穿新衣服，所以我和史古特先绕路到我家拿我妈妈刚做好的衣服。她把衣服拿给我的时候脸上充满骄傲。一条五分短裤，一件短袖衬衫，两件都是蓝色黑绿条纹，条纹宽得跟高速公路中线一样。我知道这不是马德拉斯棉，但总比饲料袋好一点。我马上穿给妈妈看，她夸奖我说非常英俊。

[1] Tri Delta姐妹会成立于1888年11月27日，是一个国际大学生姐妹联谊会，在美国和加拿大拥有138个分会。是全世界最大的姐妹会之一。

[2] 娜塔丽•伍德（1938—1981），美国知名电视、电影演员，曾经荣获金球奖最佳女主角奖。著名代表作是歌舞片《西城故事》，1981年于加州搭乘游艇时意外溺毙。

从家里出来，史古特和我就直奔得州基督教大学一年级女生宿舍。

“电影明星！”这是我看到凯伦·麦克丹尼尔从宿舍门廊走出来时心里的念头。她有一头蓬松的黑发，大眼睛眨起来像闪光灯，我在霍尔特姆市从来没有见过长得像她这样的人。结果，凯伦也从来没有见过像我这样的人，从来没有！

我穿着妈妈给我做的短裤装，配上及膝黑袜和绑鞋带的硬皮短靴。我走向拥挤的宿舍正要自我介绍，这时有一个可爱的褐发女孩从宿舍走进门廊。她一看见我身上的衣服，立刻尖叫一声停下脚步，速度快到仿佛她刚丢下一个两吨重的锚。“哎呀，看啊！”她大叫，方圆五十码内的人都转头朝我这边看，“这不是巴比·布鲁克斯[1]嘛，连颜色都染得一模一样！”

当然，她就是吉儿，史古特的女伴，一个淘气的姐妹会成员，有着像“斑比”一样的眼睛。她先给妈妈的“手工艺品”下了宣判，然后低头看我的鞋，皱起她完美上翘的鼻子，像是在检视横死于马路上的动物一样。“那是什么鞋？”

我耸耸肩，汗珠从我泛红的脸上往下流：“我不知道……就鞋子吧。”

“嗯，得州基督教大学的男生都穿平底船鞋。”吉儿说。

史古特觉得这听起来很有异国情调。“什么是平底船鞋？”他靠过来问我。

“我不知道，”我带着怀疑语气说，“大概是那种娘娘腔穿的尖头鞋。”

“才不是！”女生一齐发出愤慨的抗议声，“那是平底乐福鞋[2]！”

我们走了两条街到体育场，大部分男女都牵着手，凯伦则与我保持一个令人尴尬的距离。进了体育场后，全部学生都盯着我看，仿佛我刚被兄弟会恶整过一样。我不记得那场球赛是谁输谁赢，也不记得对方球队的名称。我只记得，那时我感觉仿佛波佐小丑死了，而我继承了他的衣服。

---

[1] 巴比·布鲁克斯（1945—1994），美国职业篮球运动员。

[2] 平底乐福鞋的鞋面有横越两侧的皮饰带。上世纪四十年代的美国年轻人喜欢将一分钱硬币塞入鞋面，代表幸运。

# 7.

七八岁时，我拿到了属于我的第一个棉花袋，一个很大的面粉袋。你大概对捡棉花没什么概念，所以我告诉你，就是一个字——热！老天爷，真的够热，热到地狱天使也叫好。然后还有蚊虫，从海湾飞过来的它们，仿佛有鹅那么大，而且比鹅还要凶上好几倍。

每天清晨，当天空露出一点粉红色，我们就赶着出门，这时天上还看得见星星。我会捡一整天，从我能找到的每一个棉花圆荚里捡出四到五朵棉花。圆荚弹开之后会变得又硬又脆，没多久我的手就破皮了。棉花像羽毛一样轻，但很快就变重。每天，主子都说我袋子里的棉花大概是二十磅重。好像不管我当天捡了多久，或是感觉袋子又重了很多，主子还是说里头只有二十磅。

有时候他会给我们一个代币到他店里消费。我就去那里买一颗糖果或是一块乳酪。

我就是这样认识巴比的。主子的商店在庄园前半部，我走回詹姆斯叔叔家得先经过他的屋子。那是一栋白色大房子，黑色屋顶，四周有宽敞的门廊。有一天，我走在旁边的红色泥土路上，一个像我一样穿着工作裤，年纪跟我相仿的白人男孩，从里面出来跟着我一块儿走。

“嘿。”他对我说，在我旁边闲晃。

“嘿。”我说。

“你去哪里？”

“回家。”

“你家在哪儿？”

“很远的地方。”我用下巴指指前面。

“你要骑脚踏车吗？”

嗯，这让我停下脚步来。我转过身盯着这家伙。他看起来很普通，跟我身高差不多，鼻子上有些雀斑，棕色鬈发带点红色，仿佛有人在他头上倒了肉桂。我看他的时候一边打量着他，想知道他到底要什么，为什么会想找像我这样的人。

最后，我给他一个答案：“我没有脚踏车。”说完以后又继续走。

“那你想射 BB 枪吗？你可以用我的。”

对我而言，这就是个邀请。我没有 BB 枪，但我很想要一把，这样就可以去林子里射一只黑鸟，甚至负鼠。

“好，我跟你去射 BB 枪。你确定你妈妈不介意？”

“不会啦，只要我在天黑前回家就好。你等我一下，我去拿我的枪。”

从那天起，我和巴比就成了共犯。原来他是主子的侄儿，来这里做客。他不知道自己不该跟我做朋友。

当我不工作的时候，就溜到主子家后门廊那里吹一声口哨，巴比就偷偷出来跟我碰面。我们感情很好，如果他有东西吃，我也有份。有时候到晚餐时间，他会先吃一点，然后把剩下的放在口袋里溜出来。然后我们就走在主子看不见的路上，有时我能吃个鸡腿或三明治，就看他带什么给我了。

没多久，别人就发现我们是朋友，但也没真的阻止我们往来，因为我是那里唯一跟他同年的男孩，他需要一个玩伴才不会惹是生非。他们发现他给我食物，于是就在后门外放了一张小木桌让我吃东西。不久之后，巴比拿了他的食物就直接出来，我们就坐在那小桌子旁一起吃。

我不工作的时候和巴比一起忙碌，修脚踏车、游泳，或用树枝和轮胎内胎做弹弓。有时候瑟曼也一道，但大部分时间就只有我和巴比。

我们一起去打猎，用他的戴西骑士 BB 枪射鸟。我射得相当准，可以把鸟从空中打下来。我在工作服上绑一个绳索腰带，每杀一只鸟，就把它倒吊在绳子上。有一次我们射了一堆，我把它们全带回家，足够艾莎阿姨做馅饼用的了。

隔年巴比到庄园来的时候，我鼓起勇气问主子我是否能捡剩棉花，好赚钱买脚踏车。那时我骑的车还是我跟巴比一起用废弃零件拼凑起来的，连车胎都没有，只有个轮框。我需要一辆真正的脚踏车，才能跟巴比好好骑一下。

剩棉花就是还挂在棉花树丛上的棉花，以及掉在地上的脏圆荚里的棉花。因为詹姆斯叔叔和艾莎阿姨赚的钱不够，我如果要脚踏车，就得捡剩棉花。

我已经作好心理准备——需要捡多久就捡多久，但巴比另有打算。他出来跟我一道捡，搜集捡过的花朵里剩的一点棉花，假装是要留给自己，但他捡的棉花都装进我袋子里。趁主子没注意的时候，他去棉花棚里把好的棉花偷偷装出来倒给我。我们就把好的棉花藏在剩棉花下面。

每年夏天，巴比和我都有新计划，但捡剩棉花这件事持续了好久。每年我们都坚持捡剩棉花，主子称重量（加上巴比偷的量），但每一年，主子都拖着不给钱，推说我捡的剩棉花还不够买脚踏车。就这样三年过去了，直到快到圣诞节的时候，主子到詹姆斯叔叔家，叫我跟他走，但没说有什么事。

“你来就知道了。”他说。

我们蹦蹦跳跳跟着去了，快到的时候，我看见有个东西停在大门廊里，它像梦一样耀眼：一辆全新的史温牌脚踏车，红白相间，上面有个塑料喇叭。

我看着主子，他对我微微一笑。

“那是我的吗？”我问他。我不敢相信。

“是你的，小家伙，”他说，“你就骑回家吧。”

“谢谢你，先生！谢谢你，先生！”我像个野孩子一样欢呼，跳到那辆高级车上，高速骑回家好秀给叔叔阿姨看。那辆史温牌脚踏车是我唯一得到过的新东西。我那时十一岁。

# 8.

1963年11月22日，我穿着店里买的马德拉斯棉衬衫、咔叽裤，以及，没错！就是平底船鞋，和史古特及另外两个家伙一起挤进我的淡蓝色四门雪佛兰毕斯坎尼，第二次踏上与姐妹会女孩的探险之旅。这回是得州基督教大学返校活动。我们进城的路上，收音机里不断传来猫王的歌声。

那时还没有州际公路这种东西，我们从得州康默斯出发，路上须经过达拉斯。当我开着毕斯坎尼进入榆树街时，车子忽然慢下来。我们跟在一辆白色轿车后面，停在榆树街和休斯敦街交叉口的得州教科书库旁，只要超过这辆车，就能一踩油门开到空旷处，直接上史戴蒙斯高速公路。

白色轿车向前移动，但就在我们快开过十字路口时，一名警察走到了我们面前，大声吹着哨子，像足球后卫那样伸出一只手。

“讨厌！”史古特说，一边看表，“我们要迟到了！”

看来我们似乎有得等了，所以我熄掉引擎，大家都下车坐在引擎盖上。一开始，我们听见左边有警车和摩托车的声音，每个人都转过头去看看是谁来了。一阵欢呼声像海浪一样从人群中传来。然后我们看见：一辆敞篷林肯加长礼车，车身两旁的踏脚板和保险杠都站了眼神锐利的联邦调查局探员。

虽然整个过程不到十秒钟，但感觉像慢动作一样：得州州长约翰·康纳利坐在前座，约翰·肯尼迪总统坐在后座挥手，就在靠我们的这边。明艳动人的第一夫人杰奎琳戴着粉红色筒状女帽坐在他身旁。

忽然间不知为何，群众像被吓坏的鱼群一样散开来。我们不知道发生了什么，只晓得这是穿越十字路口，回到开往得州基督教大学方向的大好机会。四个人从引擎盖上跳下来，费劲地爬进毕斯坎尼里。

我们呼啸着开过十字路口朝匝道前进，就在总统礼车后面。刹那之间，我们还不知道自己成了活生生的历史的一部分。然后收音机播报员的声音传来："根据警方消息，总统车队在达拉斯遭遇枪击。"

又过了一会儿，另一则通报："总统中枪。"

"我的天啊！"我大叫，"他就在我们前面！"我震惊不已，我们跟着礼车沿高速公路走了一段，穿过市政厅，那边聚集了几千人等着听约翰·肯尼迪的演说。人群又移到公园地医院，我匆匆把车开进医院停车场，就停在空的礼车旁边。

我熄了火，我们坐着，目瞪口呆。播报员实况报道："枪手似乎是从得州教科书库开的枪……达拉斯闹市区展开大规模追捕……等候总统的最新状况。"我们在那里待了大约二十分钟，一个消瘦且令人望而生畏的特勤探员从急诊室出口朝我们走过来。

他把理着平头的脑袋探进我的窗户里，我可以从他墨镜上看见自己的倒影。"你们几个小子在这里做什么？"他问，完全不苟言笑。

他听完我们的解释，恐吓道："嗯，如果你们不想要我拍你们的犯罪档案大头照并采你们的指纹，最好立刻离开。"

“是的，长官。”我说。

我心不甘情不愿地发动车子，慢慢驶离公园地医院停车场。在公路上开了不到十分钟，播报员发布了可怕的消息：“总统遇刺身亡。”

我们很快就认识到，自己是看到总统生前片刻的少数平民之一。

# 9.

每个礼拜天，都有一个驾骡车的农夫，沿着庄园蜿蜒的泥土路载着大家去赞美上帝。主子这边大概有二十个家庭替他做事。大家爬上骡车，男人先扶女士，再扶幼儿，最后自己再爬上去，然后农夫就拉着大家去教堂。

每个庄园都有个黑人教会，大多数社交活动就在此进行。我们用隔板搭成的教堂坐落在旷野中，门上方有个从来没上过油漆的十字架。锡屋顶上面都是洞，阳光透过洞照射到木头长椅上，椅子看起来仿佛有斑点。有时候下起雨来，牧师还得把大家赶到门外去。

欧斯特·布朗牧师也是农夫。除了詹姆斯叔叔以外，他是我认识的唯一能读《圣经》的人。我听布朗讲道学到不少经文，因为他会连续几个月都讲同样的布道内容。

每个礼拜他都重复同样的章节，不断灌输到大家脑袋里，像帮一匹顽固的马钉马蹄铁。当然，偶尔也会有人抱怨。

“布朗，这段布道我们已经听了快一百次了，”某个上年纪的女人，像大妈妈的姐妹——我阿姨那样比较有魄力的人会这么说，“你怎么不讲点别的？”

布朗就盯着满是洞的屋顶看，然后摇摇头，有点悲伤。“我和大家一起在棉花田里工作，而每个礼拜，上帝让我看见会众之间发生的事，我就知道礼拜天该讲些什么。当我开始看见外面的改变，”他说，指向庄园，“我就会改变讲道的内容。”

大概十二岁的一天，艾莎阿姨帮我穿好一身白衣白裤，带我到河边并准备给我行浸礼，那天大概还有四五个人也等着行浸礼，庄园上所有的家庭都用篮子和桶装了食物，放在摊开的毯子上。我们称之为“地上的晚餐”，白人称之为野餐。

艾莎阿姨杀鸡做了炸鸡特餐，也带了她著名的黑莓派，以及从姨婆那里拿的薄荷叶做的冰茶（至少，我认为那是薄荷叶。喝我阿姨做的东西，你永远不知道会喝到什么粉末和成分）。

但我们得先等布朗布道完，才可以吃东西。布朗布道完之后，就走进冰凉的绿色河水里，让水淹到他特别为施洗礼穿的白袍的腰际。我赤脚跟着他，踏在光滑又闪亮的小圆石上，踩着暖和的泥巴，走进水里。

我和巴比经常在水槽里游泳，但都是光溜溜的。所以穿着整套衣服走进水里感觉有点奇怪，白色柔软的衣服在我身边打转，像云一样。我涉水走到布朗等候我的地方。河床的泥巴从我脚趾间跑出来，我睁开一只眼睛注意是否有鳄鱼出没。

我侧身站在布朗面前，他把他的左手放在我背后。我听见鸟啾啾的叫声，河水哗哗地流往下游，还看见一些白人坐在船上钓鱼。“小家伙，”牧师说，“你是否相信耶稣为了你的罪而被钉死在十字架上，下葬以后第三天死而复生？”

“是的，先生，我相信。”我说。我感觉有东西在啃我的腿，我希望是鲇鱼。

“现在，我以圣父、圣子及圣灵之名为你施浸礼！”布朗说，然后快如闪电，仿佛怕我改变主意似的，用右手捏紧我的鼻子，把我向后抛进河里。

但问题是布朗没有抓紧，我直接沉到河底。我不知道我是否应该立刻站起来，所以我就跟着水流沿着河往下漂，一边吹泡泡一边透过乳白色的河水看着上面的云。后来艾莎阿姨跟我说，会众都慌了，跳进河里找我。当我脸色苍白，像个钓鱼线上的浮标一样在下游处浮起时，他们还在水里呼唤我的名字！

我阿姨看到我完好无恙地回来好开心，于是那天我吃了两份黑莓派。

# 10.

世事不断变化。詹姆斯叔叔得病去世了，艾莎阿姨离开去了别的地方，我最后一次见到她，她在哭。我不知道为何上帝不断带走我挚爱的亲人。我和瑟曼被分开了，我去了另一个庄园和我姐姐赫莎丽同住，瑟曼好像是去跟毕毕的人一起住，但我不确定。我想我那时是十三四岁。那些年在我的回忆里好像都纠结成一团，因为我们从来不用月历，甚至连时钟都不用，因为没必要：要做的事只是采了棉花交给主子，除了容身的小屋，没有其他地方可去。

我想念巴比，但愿还能有一个像他那样的朋友。新的主子有几个女儿，她们年纪和我相仿，但我那时不可能跟什么白人女孩交朋友。除此之外，白人小孩长大一点之后，白天就都需要上学。有些黑人小孩也上学，但我没去，因为不能。主子甚至还经常把黑人小孩从学校拉去田里工作。

在黑白之间筑起高墙的不只成年人。多年后，我听说南卡罗莱纳州曾经发生过一件事：有五六个白人小男孩，他们每天上学都要过一条小河，去黑人学校也要过这条河。有一天，这些白人小男孩决定，黑人小孩不能跟他们走同一座木头桥过河，于是他们捡了一堆树枝和旧木头堵在木头桥上，埋伏在旁边的树丛中等黑人小孩过来。

“这木头桥是属于白人的！”黑人小孩走到河边时，一个恶霸男孩大声说，“你们黑鬼想过河的话就要涉水！”

黑人小孩不吃这一套，于是一场树枝与石头齐飞的战争便开打了。遗憾的是，白人小孩赢了，因为他们搜集了足够多的武器——石头，从而赢得了木头桥，黑人小孩只好涉水过河。

我长大后才听说这个故事，但我还是为那些黑小孩感到难过。倒不是因为他们得穿湿裤子走路上学，而是为因肤色不同被欺压而感到悲哀。

我也知道走路时眼睛必须只盯着地，以免同样的事情再发生的那种感觉。

被拖行之后，我就是这样走路的。

记得那年我十五六岁，从庄园前面的路走回我姨婆家。就在那时，我看见一位穿白衣的女士站在她的蓝色福特轿车旁。她微微弯着腰，望向车子后半部的底盘，但不失小姐风范，尽量不让白色裙子沾到尘土。她的帽子也是白的，小小一顶刚好盖住她的头顶，上面围了一圈棕色缎带，像一条巧克力。从她的穿着打扮来看，她像是刚从城里回来。

我问她是否需要帮忙，她说是的。于是我从后备厢里拿出千斤顶，尽可能找个平整稳固的地方架起来，我转动千斤顶的把手，车子开始倾斜，直到能把轮胎卸下来。

我刚把螺帽装回去，三个青年从林子里骑马出来，问那女士需不需要帮忙。第一个看见我然后叫我黑鬼的，是一个红头发牙齿很大颗的家伙。接下来，我的脖子就被套上一条绳索，黑色恐惧像一条毒蛇，在我肚子里乱窜。

“我们要给你一个教训，要你以后别再骚扰白人小姐。”拿绳索的人说。

可是我没骚扰她，只是帮她修轮胎。她没有主动解释，我也没说什么，因为他们肯定不会相信我。我想我若是开口，只会给自己惹上更多麻烦。

我看着那青年把绳索套在马鞍上，马上就意识到接下来要发生的事，感到非常害怕。我试着把绳子弄松，可这时他们突然勒紧缰绳，骑着马大笑着奔跑起来。

马一开始先是小步跑着，速度慢到我还能跟得上，我就这么跌跌撞撞地跟着，一边用手抓着绞索一边注意脚下的路。马在我前面大概十英尺处，我还可以听见马蹄踏在泥土上的声音。灰尘刺激着我的眼睛，直到现在我还可以回忆起那个味道。

然后我听见高呼和呐喊声，瞬间摔倒在泥巴地上，膝盖和手肘在地上摩擦。马不停蹄地跑着，我抓住绞索就像握紧方向盘，试图把手指塞进去以避免它越勒越紧。尘土让我看不见又让我窒息。我衣服的袖子和裤子、膝盖都磨破了，皮肤也被撕开了，像一只待烹调的兔子。我再也听不见笑声，耳朵里只有马蹄可怕的轰隆声，仿佛要把我拖到死掉为止。

我想，要不是巴比和他阿姨——也就是另一个庄园主的妻子，刚好在那时候路过这里，我可能就死了。那时我已经昏过去了，不记得接下来发生的事。只知道马忽然停下来，我微微睁开肿成一条线的眼睛，看见巴比的阿姨站在路中间，拿着猎枪指着骑马的青年们。

“放了他！”她大喊。我感觉绞索松了，看见绳索被割断的那头像蛇一样掉落在地上，看起来也没有原来那么邪恶了。然后我听见那几个青年大笑着骑马跑远了。

巴比和他阿姨立刻把我放进车里，拉着我到我阿姨家。她用她的树根配方治疗我，在我眼睛上和身上的伤口涂抹药膏。我在床上躺了一个礼拜眼睛才消肿，总算可以看清楚东西了。大概也过了那么久的时间，我的皮肤才开始结痂，能再穿上裤子和衬衫。

我知道是谁做的。我想他们的爸爸大概是三 K 党[1]的人。但在红河郡，黑人都知道，与其把知道的事情讲出来，不如闭上嘴，除非他们希望更糟糕的事情发生在家人身上，比如半夜醒来发现房子失火……

回想起来，那几个青年大概造成了我对生命的消极态度，因为从此以后我肯定不会再主动帮助任何白人女士了。

[1] 美国南方种族主义的代表性组织，奉行白人至上，通常以暴力或威胁的手段达成目的。

# 11.

我第一次见到黛博拉，就计划要把她“偷”走，一开始不是为了我自己，而是为了 Sigma Chi 兄弟会。那是我大二时从东得克萨斯州立大学转学到得州基督教大学后，宣誓加入的兄弟会。那是 1965 年春天，我是留校察看学生，而黛博拉则是拿奖学金的大二生。我认识她时，她是 Tri Delta 姐妹会成员，同时也是我们敌对兄弟会的“甜心”。我决心让她变成我们兄弟会的甜心，我若能完成这个兄弟会之间的小小叛变，好处之一是在学生联会上，我们这桌将多一个聪明女孩。

黛博拉在得州西部的斯奈德长大，那里随处可见风滚草，地势平坦到只要站到干牛粪上就能看见新墨西哥州。那里也是个每个人都知道别人家闲事的地方，小孩梦想着能去拉伯克市或艾比利尼[1]旅行。除了摇摆小猪超市的农产品区，那里没长什么绿色的东西。斯奈德也是最后一次有人亲眼目睹白

[1] 两者都是得州西部的中型都市，作者以讽刺语气说，对于斯奈德的小朋友而言，去这些地方就等同于出远门旅行了。

色水牛的地方，直到今天，市中心广场还有一个巨大水牛像守护着法院。

黛博拉有两个姐妹：格雷琴曾当选斯奈德选美比赛亚军，黛芙妮是黛博拉的孪生姐妹，不过两人除了同一天出生以外，没有其他共同点。黛芙妮高大丰满，从小就是派对女孩，没有一个男生她不爱，没有一本书她爱看。黛博拉跟她完全相反：一个书虫，整个人干净得像礼拜天的牧师老婆。她从青春期就瘦得像一根吸管。因为害羞，所以跟男孩子去看电影时总是塞了满嘴的爆米花，以防别人亲她。由于她拥有一头黑发及微微上扬的眼角，因此她非常漂亮，一口轻柔如唱歌的得州口音如此完美，就像个南方贵族。

一开始我就是被她这项武器所掳获。1966 年的一个温暖秋夜，Sigma Chi 兄弟会准备举办一次“森林会”，这类非正式活动，就是成员们带着装满冰啤酒的冰桶，成群结队到森林里跟女伴亲热。

只不过我没有女伴。当黛博拉走进学生联会时，我正跟我的朋友格兰•威廷顿说起这件事。

大家都喜欢格兰，因为他风趣又可亲，永远在帮别人做媒。他一看见黛博拉就招手要她到我们这桌来。闲话家常一番之后，他切入正题：“黛博拉，你认识我朋友朗吗？今晚的森林会他需要一个女伴。”

黛博拉瞪着格兰。“如果你朋友想跟我约会，”她用骄傲的南方女人特有的强硬态度对我们说，“他可以打电话给我。”然后踩着她的乐福便鞋，转身大踏步离开，连一眼都没看我。

一直到那时，我感兴趣的仍然是家里有钱的金发派对女孩，她们的资产对当时的我而言是极其必要的。我从来没跟任何领奖学金、真的会为考试而读书的女孩在一起。于是黛博拉激发了我的好奇心。而且，她非常非常漂亮，第二天我就打电话给她。

她同意跟我去森林会，但我们没有亲热。我得知她才和男友分手，一个隶属 Delta Tau Delta 兄弟会的壮汉，那人叫法兰克，然而一到礼拜一，他们又复合了。我并不介意，而且我们还约定：下次她再跟法兰克分手，就打电话给我。一两个礼拜之后，她打来了。

我们礼拜五晚上出去，到礼拜一她又跟法兰克复合。事情就这样持续了好几个礼拜——她会跟他分手，然后打电话和我定周末的约会。到了礼拜一，他们又复合。你或许以为同样的主题不断重复，恐怕伤我自尊，但黛博拉跟我其实就只是好朋友。整个协议让我们觉得相当滑稽。

但我们不时中断的约会终于还是结束了，大四那年的春天，我拆开一封看起来像官方文件的信，里头是去打越战的邀请函。这封信让我到了路易斯安那州波克堡的新兵训练营；然后又到了阿尔伯克基，在那里我抽过一次大麻，醒来时发现自己身边躺了一个胖女孩……最后，我被分派到科罗拉多州卡森堡。

我一离开波克堡，就差点被分配到前往非军事区的步枪兵地面战斗单位。我已经完成基本及进阶步兵训练，跟两万五千个新兵一起驻扎在科罗拉多泉城的机场。

“霍尔！朗！”一个目光犀利的少尉大吼，“拿着装备登机去。”他指着一列军方运输机，我知道目的地就是战场。

但不知为何，他问了我几个问题，发现我念过三年半的大学，就将我重新分配。

“我有好消息也有坏消息，”他说，“好消息是，阿尔伯克基的核武支援部有空缺。坏消息是，你必须要通过最高机密的安全许可。如果没有，我就把你丢上跟这些一模一样的飞机。”

我对那位少尉发誓我的记录清白。他把我派到阿尔伯克基，我通过了最高机密许可。当然，如果军方知道我曾经跟一个胖女孩一起抽大麻，我绝对不可能通过。

我困在军队的两年里，黛博拉和我通过几封信，没什么浪漫热情的内容，只是保持联络。那时还没有电子邮件和长途电话，信件就是人与人保持联络的方式。1968 年 12 月，我的任期结束，回得州念夜校完成学业。为了赚钱，我找了一份对超市经理推销康宝浓汤的工作。我恨透了穿三件式西装，拿鸡毛掸子走进“摇摆小猪”——我的工作内容除了游说经理增加货架空间，好放一些奇怪的产品（如内脏卤汁）以外，还包括帮忙推销销售速度较慢的产品，如青豆汤掸灰尘。

我打电话向黛博拉问好。她滔滔不绝地把得州基督教大学两年间的社交历史说给我听，哪个退学、哪个毕业，当然，还有哪些人结婚。那个年代里，女孩子到大四就已经安排好丈夫人选，如果一切顺利，春季那个学期就可以嫁出去。我一直觉得 Tri Delta 姐妹会成员都是校园里最漂亮的女生。我问黛博拉：“还有哪个 Tri Delta 姐妹会成员没嫁的？”

“只剩我，”她说，“而且我变得超可爱。你一定会爱上我。”

她说得对，之前跟我去森林会的那个漂亮又爱斗嘴的奖学金学生不见了，取而代之的是一个迷人、受过教育、充满自信又风趣的女人。我们开始约会，不到一个月，我们就定下来，除了彼此之外不再和其他异性交往。

1969 年春天，黛博拉去圣安东尼奥参加大学同学婚礼，回来以后跟我说：“那边的朋友都觉得你跟我应该结婚。”

我笑了。“那你觉得呢？”

“我也觉得我们应该结婚。”

“嗯，那为什么不呢？”

“你要先求婚才行。”

我亲了她一下，跟她说我会想办法。

7 月，我爸借给我钱买戒指，但我不知道怎么求婚。我跟室友凯利·亚当斯说起我的苦恼。

“你要我帮你求婚吗？”他问。

我心想，如果这招对大鼻子情圣有用，那我不如也来尝试一下。我把戒指交给凯利，然后我们去黛博拉的公寓找她。我们三个人在她客厅围成一个尴尬的小圈圈。

“朗尼有事要问你，”凯利跟黛博拉说，把戒指交给她，“他想知道你愿不愿意嫁给他。”

黛博拉翻翻白眼。“或许他应该问我。”

我咧嘴笑。“嗯，你愿意吗？”

她理应叫我走出去再重新进来一次，但她没有，而是说她愿意。“对了，”她补充，“这是我见过的最烂的求婚。”

我们在 1969 年 10 月结婚，黛博拉去小学教书，而我进入投资银行的世界。我完成夜校的学业，之后又多留一年取得企管硕士学位。1971 年，我已经开始以买卖画作为副业。两年后，我们的女儿芮根出生。

1975 年，我们的儿子卡森出生的前一年，我卖艺术品赚的钱已经是我当银行家赚的一倍。于是我开始寻找一些理由自己出击。“理由”没多久就让我得到一幅画——著名西洋艺术画家查尔斯·罗素的《信号》。1910 年，罗素把这幅画当结婚礼物，送给蒙大拿州的一个显赫家族——克罗富兹，他们的后代在波多黎各生活。我通过新墨西哥州圣塔菲一个联络人得知，克罗富兹家的某个继承人有意将画出售。

我用银行办公室的电话打给圣胡安的克罗富兹先生，跟他说我想买他的画。但我解释说我没时间飞到波多黎各，并设法让他觉得，带着祖传遗物到得州来会是个好主意。事实上，虽然比起同龄人来说我已是小有成就，但还是付不起去圣胡安的机票，也没办法跟公司请假。

于是，克罗富兹先生飞来沃思堡，我用得州的方式殷勤招待，也就是大块牛排和大量的酒。上甜点时，他已经同意以两万八千美元的价格把画卖给我。不只如此，他说他还会把画交给我照料，而且让我延迟九十天付款。这个梦寐以求的机会让我有希望能一口气赚进五位数。我将《信号》标价四万美元，开始搜寻买主。

但握着一张九十天到期的票据时，三个月像是一转眼就到。四十五天飞快地过去，我开始冒汗。忽然，我想到一个主意：第四十六天到来时，我在没有任何客户人选的情况下，开车到机场买了张往返洛杉矶的机票，在登机口打电话到银行请病假，跟老板通电话时广播正大声呼叫登机。

在洛杉矶国际机场落地后，我花五块钱租了一辆车，请柜台小姐告诉我去比弗利山庄的方向。沿着5号州际公路行驶，没多久车子就到了日落大道，我下了公路，开进到处是棕榈树、高墙和别墅的富有之地。沿着这条著名大道的蜿蜒林荫，我开到了罗迪欧大道附近，也就是著名的艺廊圣地。我把罗素的画夹在腋下，走进我看见的第一间艺廊，打算开始卖《信号》。

“没兴趣。”他们说，但他们有个客户可能会有兴趣，于是他们帮我拨电话给一个叫巴尼·戈德堡的先生，说我带了一样可能会使他兴奋的东西，现在正出发去找他。戈德堡先生住得不远，令人意外的是他没住别墅，但他庄园式的家看起来还是很有钱。我一踏进门廊，门立刻就开了。

“甫西！”一个男人身高六英尺，秃头，他伸出戴满钻石戒指的手给我一个熊抱，仿佛我是他久违的亲戚。

“不，先生，”我摇摇头，“我不是甫西，我叫朗·霍尔。”

“不对，你才不是！”他斥责的语气像是个溺爱小孩的阿姨，坚持要小朋友再吃一块派，“你就是甫西！然后你可以叫我奴奴！”

他一边说，我一边观察他身上耀眼的装扮：金边飞行员眼镜下的左眼戴着眼罩，往下是珍珠摁扣儿牛仔衬衫和牛仔裤，然后是白色蟒皮镶金边外加装饰鞋跟的“踩死蟑螂”牛仔靴，以及一个纯金水牛形状皮带扣。水牛眼睛是红宝石，其他部分都是钻石。他手指头上每只钻石戒指至少都有三克拉，除了无名指这两只各为十克拉。

戈德堡先生领我走进一个充满阳刚味、森林小屋般的家，到处都是他搜集的古董火器、牛仔纪念品和纳瓦荷编织毯。但我最感兴趣的是他的墙壁：每一面墙都挂满了高级西洋艺术作品：雷明顿、波瑞恩……以及罗素。

我得救了，我在心里头给克罗富兹先生开了一张支票。我非常确定奴奴一定是《信号》的头号买家。即兴参观过他家之后，他邀请我在午餐前先喝杯葡萄酒，这时离午餐时间还早得很。我几乎是坐在椅子边缘，焦急等待着他给那幅罗素的画出价。

他小啜一口，开始说：“你也看到了。”他用手示意他挂满艺术品的墙，说：“我不需要你拿来的这个小东西。”

我的心沉到胃里。

“但是你是这么个贴心的好人……”他继续说，“所以我要帮你把那幅罗素的画卖给我的好友，然后把钱寄给你！”

奴奴神采奕奕，仿佛他刚提议用一块钱卖给我大溪地。由于我没其他人选，便接受了他的提议。我们没吃午餐，只喝了很多酒，一边推敲出交易的细节。我跟他强调说，我一定得在四十四天内收到款，否则克罗富兹先生会来猎我的头皮。

“是的，是的，我懂，”他含糊地说，微笑着用稍微不稳的脚步送我出门，“相信我。”

回到洛杉矶国际机场，我打给黛博拉。“好消息！”我说，“我在这边碰到一个收藏家，他会把罗素的画卖掉，然后把钱寄给我们。”

黛博拉听起来有疑虑。“他是什么样的人？”

我迟疑了一下,不知道正确描述有没有帮助。“这个嘛……他叫巴尼·戈德堡——”

“你有拿收据或合约吗？”

“没有……”

“你的画有保过险吧？”

“没有……”

“你疯了吗？”她在电话里发飙，“这听起来像诈骗！你现在回那间屋子把画拿回来！”

“来不及了，”我说，又累又泄气，“我已经没钱了，而且飞机再过几分钟就要起飞。”

我挂上电话飞回沃思堡。五内如焚。隔天我开始试着联络戈德堡，想至少拿张收据。但每次打电话都没人接，响了很久的铃声在遥远的几百英里外嘲笑着我。我连续打了四十三天电话，从来没有找到过他。九十天的倒数结束了，变成克罗富兹先生几乎每天打电话来提醒我——该把他的支票寄到哪里。紧张和焦虑吃掉了我二十磅的骨头。

到第四十四天——最后一天，我再次打电话给奴奴，这次是用银行的电话打过去的，电话终于被接起来。

“你去哪儿了，为什么都不回我电话？”我大吼。

“甫西……”他轻轻斥责我，“我在夏威夷。”他大声说：“夏——威——夷！”

“少来那一套！我的钱呢？”

“你去查账户，”他平静地说，“我前两天汇了。”

我把电话按保留键，然后打给会计部的吉恩，她告知我户头里有四万美元，是由一位叫巴尼·戈德堡的先生汇入的。

我松了大大一口气，把电话接起来，谢过他，挂上电话，然后冒出一身鸡皮疙瘩和冷汗，就像才惊险地躲过一场车祸。而我卖这幅画所赚的利润，几乎等于我在银行上班一年的薪水。几天之内，我和奴奴又开始新的合作计划。几个礼拜后，我辞掉银行的工作。几个月之后，财富开始滚滚而来。

# 12.

赫莎丽住的那块土地，由三四个农庄连接在一起，像拼布毯上一块块的图案。也就是说，雇用黑人干活的有三到四个主子，各管各的棉花田。但对我们而言，他们都是主子。在我十八九岁的时候，其中一个在赫莎丽住的那条路附近，分给了一个属于我自己的地方。这感觉很好——像个成人那样，虽然我的房子只不过是两个房间的简陋木屋。其实那时候我什么都不懂，我以为我晋升了。我的房子就盖在一棵梧桐树旁，所以夏天有树荫。我有一张床、一张桌子、两把椅子，还有个属于我的锅炉，我也有自己的屋外厕所。我真的以为自己过得阔绰。

以前红河郡的人觉得再没有比佃农更低下的人了。其实有，就是我。我和其他人一起掉进缝隙里，只是我当时不知道。你瞧，除了佃农，还有佃农的小孩。他们大部分也是佃农，但有的人，尤其是那些没学过算术不识字的，就待在土地上工作，得到的只有住所和填饱肚子的食物，就像奴隶一样。而且大家都有共识——我们都还欠主子钱。我知道他的商店里有一本账簿，记着所有我赊账拿出门的东西。我根本没办法还清，因为主子已经不再称棉花重量。我知道我欠他的，他也知道我欠他的，事情就是这样。

最可恶的是：在林肯解放黑奴前，白人希望他们的农场可以自给自足，于是训练奴隶以确保他们能胜任各种工作。所以才会有黑人铁匠、木匠、鞋匠和理发师，以及会编织、缝纫、盖棚车和画招牌的黑人。等我出生以后，情况就不一样了。上述的工作在南方都让白人抢了去，有色人种能做的只剩下农活儿。

但过了一阵子，连农活儿都变少了。在我三四岁时，白人农场主开始买牵引机，也就是说，他们不再需要那么多黑人工人来帮助收获，于是就开始逼迫黑人离开他们的土地。这其中很多都是家中有幼儿的家庭。父母亲除了帮别人收获，什么都不会，他们被迫离开，有时是被枪指着。没有钱，没有地方住，没有工作，也没办法找工作。

我之前说过，那边大概有二十个黑人家庭，共一百个人左右，各自在主子的农庄里负责一小块地。但主子用几年的时间慢慢把他们逼走，到最后只剩下三四个家庭。

我知道的只有自己的生活：将近三十年来，我在路易斯安那州的烈阳下挥汗工作、赶蛇，在田里忙到收获，然后一个圆荚一个圆荚捡棉花，捡到我的手破皮；种自己要吃的食物，整个冬天劈柴以免被冻死，春天到了再从头开始。如果劳动是为了自己的土地，那这种生活还不坏，但不是。我想，如果工作有钱可赚，就算土地是别人的，这种生活也还算不赖，但我没工资可拿。现在的人很难想象贫穷到那种程度是什么概念。我和农庄里其他人穷到只剩挂在身上的那个锡罐，那是我们喝水的容器。我们连身上的衣服都不是自己的，因为衣服是从主子的店里赊来的。据他说，我们还没付钱。

詹姆斯叔叔过世、艾莎阿姨走了之后，我仅剩下的亲人就是姐姐赫莎丽，她跟她主子没签过佃农合约，我跟我主子也没有。他把我安置在那间小屋，一年给我一头猪——已经不是两头，我替他耕种三百亩地。棉花从来没称过。我从来没拿过薪资。偶尔，主子会塞给我几块钱，那么多年里就五六次。

然后就到了上世纪六十年代。我在农庄工作那么多年，主子从来没跟我说过有黑人学校我可以去读，也没说过我可以学一门手艺。他没跟我说我可以从军，慢慢升官，给自己赚点钱和赢得一些自尊。我不知道有二次世界大战或越战。我也不知道全路易斯安那州的黑人多年来一直在争取更好的待遇。

我不知道自己跟别人不同。

或许你觉得难以置信。但你现在就去路易斯安那州，开车到红河郡的小路，也许就能明白一个不识字的黑人，没有收音机、车子、电话，甚至连电都没有，是如何掉入时间的裂缝，然后卡在里头，就像一个发条松了而停摆的时钟。

我从小看着主子家里的电灯闪耀，但我还在用煤油灯，住在一个没自来水的长木屋。后来，我真的气馁了。我感觉自己一文不值，而且永远也不会有更好的将来。

我知道外面还有其他地方，我听说我哥哥瑟曼在加州攒了不少钱。于是某一天，我决定去找他。我没考虑太多，就走到铁轨旁，等火车开来。

有个流浪汉也在铁轨附近，他已经搭火车旅行多年。他说他会告诉我哪一列火车是去加州的。那列火车减速进镇的时候，我们两个都跳上去。

那时我已经二十七八岁。我从来没跟任何人说过我要离开，所以我猜，我大概还欠主子我赊账买的那些工作裤的钱。

# 13.

三十二岁那年，我花了27.5万美元在沃思堡高级区买下一栋殖民风格的房子。在1977年，那是一大笔钱，也是一栋大房子——特别是在得州。暗红砖和白圆柱支撑一个雅致的阳台，屋子前面停着奔驰。我的艺术交易事业起飞了，我们开始过社交版的生活。我建立起事业，黛博拉是支持先生的妻子。

大型慈善机构开始找上门，我常捐出价值五千美元的画作或大量礼券给无声竞标会，希望能吸引有钱的竞标者到我的艺廊来。我们出席的正式慈善舞会一张餐券要价一千美元，黛博拉和我的照片不停上报，画面是我们在星空下举着香槟杯。

但她想不通这类慈善活动的逻辑。

“我们花两千美元入场，一半的钱是付给布置场地的组织者，”她说，“然后我穿的晚礼服要两千美元。为什么我们不直接寄出一张四千美元的支票，然后我们待在家就好了？这样慈善机构能募到更多钱。”

“这对生意比较好。”我说。

“真的吗？那你赚了多少钱？”

“嗯……目前还是零。”

那些年里，我每个月都在纽约待一个礼拜，后来我和一个叫迈克尔·阿特曼的艺术经销商发展了紧密的合作关系，我们到今天还是合伙人。每年我大概去巴黎四次，其间也会有去东京、香港、佛罗伦萨的头等舱加五星级饭店短程旅行。我买卖昂贵的艺术品，和私人客户碰面，跟艺廊老板和博物馆采购商交际应酬；并设法安排滑雪、品酒和参观城堡的周末假期。

我们在沃思堡待到1986年，直到我觉得自己已经超越那个城市，然后便搬去达拉斯，我想我在那里可以靠艺术赚更多钱。我们搬进公园市一栋尽善尽美的百万房屋，然后拆了它，把它盖得更豪华，并漆成特别的颜色，好搭配我停在车道上的那辆红色积架车。公园市是一块富有地区，地方报纸《公园市居民》定期刊登“最佳服装品位的女士”名单，她们大多每年要花二十万在衣服上。我并不介意，而且，若我的名字出现在这类名单上，大概会令我相当得意。至于黛博拉呢，这当然让她退避三舍。

我们的孩子念公立学校。小时候的芮根，立誓绝不听摇滚乐。那时，她和她母亲一样对衣着都很有品位。但打从少女时期开始，她就不喜欢任何和财富相关的事物，十六岁的她宁愿穿二手衣也不要商场买的衣服。她向往到南非当个自由斗士。

卡森从小就是个善良的孩子。我们特爱他的童言童语，比如他要描述自己很累，他会说：“妈咪，我的强壮用完了。”高中时他103磅，是全州摔跤代表。其实他几乎一直都是个模范小孩，除了高三那年某次他喝了一点酒，差点拿他在“卡那库克”——夏令营得到的“最佳露营者”木桨把房间给砸了。

我到达拉斯后更加投入工作，更常旅行，努力拓展国际市场。我换车像换阿玛尼西装一样快，对新玩具厌倦的速度就像圣诞节早上的小孩。

与此同时，黛博拉在我追求物质的同时，她追求心灵。我把生命奉献于赚钱，礼拜天花几分钟时间停留在教堂坐席上；她则花上无数小时在布莱恩的家——这位牧师投身于照顾艾滋病弃儿。我用我的艺术知识在欧洲取悦百万富翁；她为贫穷的人祈祷。我的热情是得到认可和成功；她的热情是认识上帝。

于是我们各自追求自己的爱。没有多久，我们各自的爱就不再包括彼此。

比利·格雷厄姆[1]几十年来能够维持自己的品格与正直，靠的是采取一套严格的规定，其目的是避免已婚男人做出愚蠢的事。比利的其中一条规定就是：绝对不跟不是自己老婆的女人独处。

我应该听他的话才对。

1988年某次出差，我发现自己身处于比弗利山庄的一家咖啡吧里，坐在我对面的女人，仿佛和路边的棕榈树一样，是加州土生土长的：身材苗条、金发碧眼，是个画家，而且比我年轻许多。

假如午餐时我们聊起，我也许会把自己去那里的理由归咎于失去热情的婚姻。黛博拉和我扮演貌合神离的夫妇已经有五年：我们是相爱的富裕夫妇。后来我才知道，黛博拉很肯定我爱艺术和金钱，但不确定我还爱她。而我肯定她爱上帝和我们的孩子，也笃定她连看我一眼都无法忍受。

但午餐时我们没提到黛博拉，没提到孩子，也没提我已婚、跟老婆一起报税的事实。有的只是冰凉的白酒，很多白酒，别有含意的沉默和眼神里一闪而过的邀请。我踩着舞步到悬崖边，打量着到悬崖底的距离。

我也希望这女人跟我进饭店房间的理由是因我的智慧和饱经风霜的帅

---

[1] 格雷厄姆牧师（1918—）是美国当代著名的布道家，他经常担任美国总统顾问。

劲。事实上，她更感兴趣的是我在艺术方面能怎么帮她。这是我一段悲哀的过去，如果不是她，也会是巴黎或米兰或纽约市的某个人——那些任何多看我一眼的人，因为我也在找一个出路。

我记得有三四年的时间，偷偷想着要是黛博拉跟我离婚就好了，因为我没勇气跟她离婚，破坏我在众多朋友心中“完美先生”的形象，那形象已经像窗户装饰贴片黏着我不放。

后来，我见了那位艺术家两次，一次在加州，一次在纽约，再后来就跟黛博拉坦白——也是朋友的帮忙。我把猎艳成功的事告诉给一个朋友，他把我的秘密又告诉给他老婆，她“鼓励”我告诉黛博拉。她说，如果我不讲，她就去讲。

我估量了一下，与其畏畏缩缩，还不如我告自己的密。某天我从办公室打电话给那位艺术家，说我不会再见她。然后我回家向黛博拉坦白。我把状况诠释为：她的漠不关心让我投入另一个女人的怀抱，那个女人愿意接受我——有钱人的我。

“什么！”她尖叫，愤怒不已，“十九岁！十九岁！你在想什么？你怎么做得出这种事？”

鞋子、花瓶、小雕像齐飞，有些直接命中，再也没有东西能当武器时，黛博拉就赤手空拳捶我，直到她再也没有力气，手臂无力地垂着。

那一晚我们在愤怒的失眠中度过。第二天早上，我们打电话给牧师，然后开车去他办公室，那一天，我们几乎都花在倾倒情绪垃圾上。最后，我们发现两人都还没准备好要放弃，我们仍然爱着对方，只是夫妻俩都累了，爱也淡了。我们都同意试着解决问题。

那天晚上回到家，我们坐在卧房一角谈话，黛博拉问我一句话，差点没让我昏过去：“我想跟她谈。你给我她的电话好吗？”

黛博拉当时的决心，就像学跳伞的人：到了预备高度，大踏步走到飞机上打开的门边，完全不停下来克服自己的紧张。她拿起卧室里的电话，跟着我念出来的号码按下按键。

“我是黛博拉•霍尔，朗的太太。”她冷静地对着电话那头说。

我试着想象电话线那头的震惊表情。

“我要你知道，我不会因为你跟我丈夫的外遇而责怪你，”黛博拉继续说，“我晓得对朗而言，我没有扮演好他想要的妻子角色，我愿意负责。”

她暂停，听着。

“我想让你知道，我原谅你，”黛博拉说，“我希望你能找到一个不只爱你，而且还能尊重你的人。”

她的善良令我震惊，但接下来她说的话更震慑了我：“我决心要当一个对朗而言最好的妻子，如果我做得好，你就不会再有我丈夫的消息。”

黛博拉静静地把话筒挂上，松了一口气，然后定定地看着我的眼睛。“你我现在开始要重写我们婚姻的未来。”

她想花几个月时间做咨询，她说，让我们知道是哪里出错，怎么会变成这样，要怎么修复。“如果你愿意，”她说，“我就原谅你。而且我保证我永远不会再提起这件事。”

只要想到背叛的人是我，而不是黛博拉，就能明白这个提议有多体贴。“离婚法庭”几个字不必说出口，我立刻答应她。

# 14.

火车停的第一站是达拉斯。我连红河郡都没出过，现在却到了另一个州。城市大又封闭，很吓人。这时铁路警察开始来找我们麻烦，我跟那个流浪汉慌忙跳上一辆货车，沿着铁轨坐了一段，他教我怎么在城市里讨生活。过了一段时间，我决定到沃思堡试试运气。我在沃思堡待了一两年后，终于到了洛杉矶。在洛杉矶又待了一两年，这期间，我还认识了一个女人，跟她同居了一段时间。不过，我在那边跟法律处不来，好像总是会为了什么事而惹上麻烦，于是我又回到沃思堡。

我试着找工作、打零工之类的，但我很快就发现，一个棉花农夫在大城市是没什么出路的。我能混下去的唯一理由，是因为沃思堡是铁路流浪汉口中的“游民天堂”。经过这个城市的任何人，都能在不同的关怀团体找到“热腾腾的三餐和一张折叠床”。那边还有不少好心的基督徒，不用你开口，就愿意给你一点什么，一杯咖啡或是一块钱。

你以为游民要钱的唯一方式，就是一副可怜兮兮的模样站在街头？不是这样的。我跟我的伙伴认识一个人，他教我们如何无中生有。我们学的第一课是“丢汉堡”，一个很不错的花招，让我们能攒点钱在口袋里。

首先你要集资，通常也就只能凑出个一块钱。如果你到市中心去——那些穿西装打领带的时髦上班族工作的地方，这部分不必花太多时间。如果你装出一副很饿的样子，有的男士从地铁出来就直接给你一块钱。有些人给得很快，要你赶快离远一点，这样他们就能少闻点你身上的味道。但其他人似乎真的想帮你——他们看着你的眼睛，甚至还微笑。从这种人身上骗钱让我有点过意不去。

总之，方法如下：我拿到一块钱之后，就去麦当劳买一个汉堡，吃几口再包起来。再找一栋门口人行道上有垃圾桶的办公大楼，趁没人注意的时候，把包好的汉堡放进垃圾桶里，然后就是等了。

只要看到有人过来，我就假装翻垃圾，拿出那个汉堡，准备要吃。这时一定会有人过来阻止，说：“嘿！不要吃啊！”一般就会给你一点钱，因为对方以为你拿垃圾桶里头的东西来吃。他们很可怜你，却不知道那汉堡是你自己放进垃圾桶的！

你不可能老是骗一栋楼里的人，所以得换地方。而且你要注意哪些人是你骗过的，先让他们经过，然后你才继续骗其他人。

收工之后，我跟我的同伴把“丢汉堡”的钱加起来，找一个小酒馆好好吃一顿。如果我们那天生意真的很好，或许还够钱买半品脱的占边威士忌——也就是我们所谓的“游民防冻剂”。

下一次你走在沃思堡看见街上的游民，你或许会发现有的人很脏，有的不会。这是因为有的流浪汉晓得要怎么保持干净，身为游民并不表示要过得跟猪一样。我跟我同伴总是穿一样的衣服，穿到破为止。我们想出不让自己发臭的方法，教我们丢汉堡的人也教我们怎么洗澡：去沃思堡水乐园。

水乐园是一个市立公园，里面有一个大喷泉，看起来像个小体育场，周围的墙建得像阶梯座位。水从喷泉周围流下来，流到底部形成一个大池子，像个游泳池，只不过不是蓝色的。当年那附近有很多树，上班族会带着午餐，坐在喷泉周边的树荫下，聆听水流声和歌唱。

游客也很多，因为外地人喜欢坐下来看水跳舞般沿着墙壁往下流。我跟我同伴假扮成游客，等到下午人不多以后，走到水乐园，衬衫扣子打开一半，口袋里放着肥皂和毛巾。趁着人少，其中一个人就假装被另一个人推进水里，在水里的人再把另一个人拉进去，嬉笑玩闹，假装我们是朋友来这边度假。

我们其实不应该下水，更不应该把衣服脱掉。所以我们就在水底下别人看不见的地方，将衣服和袜子抹上肥皂，就像抹身体那样。冲洗干净以后，我们爬到公园的高墙上睡觉，让太阳把我们烤干。在水里的时候我们一直嬉笑打闹，但那不是为了好玩。我们就像生活在森林里的动物，一切只为生存。

后来那几年，我通过一个叫“劳动力”的地方得到了几份工作。假使你到城里，看见一群衣衫褴褛的人一大清早挤在人行道上，那可能就是类似“劳动力”这种地方。我就在那群人当中，早上去集合，希望能得到一份没有人想做的工作，比如捡垃圾、清理旧仓库，或是去牲畜博览会清马粪。

我记得有一次，我们被带到很远的地方去清洁牛仔队体育场，他们还让我们看了一会儿比赛。

我想做固定工作，但我不会读书也不会写字。我的外表也不行，因为我只有一套衣服可穿，而且总是破的。就算有人可以不管这些，我也没有社会安全卡或出生证明之类的文件。

去“劳动力”连姓名都不必报。某人会开卡车过来，喊一声，如：“我要十个人清理建筑工地。”最先爬上卡车的十个人就得到了这份工作。

一天结束时，能领到 25 美元现金，扣掉“劳动力”帮你预付的 3 美元午餐费，再跟你收 2 美元，因为还开车送你去了工作地点。最后你实领 20 美元，连租一个房间都不够。我问你一个问题，除了买点东西吃，以及买半打啤酒，好忘掉晚上又要睡纸箱，20 美元还能做什么？

有时候，人会流落街头的理由是酗酒嗑药，即便原来没有，但大部分的人跟我一样，一流落街头就开始酗酒嗑药。不是为了享乐，只是为了不再那么痛苦，为了忘记不管我们在街头找到多少“共犯”，最终我们依旧孤单。

# 15.

我结束与比弗利山庄画家的外遇，开始展开另一段新恋情，当然是与我的妻子。完成咨询以后，我们往彼此的方向迈进好几大步。我忙于艺术生意，但减少旅行的次数，花更多时间和黛博拉、卡森与芮根相处。我也开始更认真看待心灵层面，黛博拉继续当义工，去教堂，但也拨出时间从事我感兴趣的事。

其中最主要的就是“洛矶顶”，那是我们购于1990年的一个350公亩的牧场，位于三百英尺高的台地，俯瞰闪亮的布瑞索斯河湾。这个牧场成为我们一家人的庇护所。我们用牛仔风格来布置，石造壁炉上有水牛头骨，洛伊·罗杰斯和黛儿·埃文斯的签名牛仔靴，厨房里有大型搁板桌，大到可以坐十五个人。建筑和装潢都十分正统美观，杂志社把它拍成专题，电影导演付钱用作场景，尼曼·马可斯百货每年都来拍圣诞宣传册。

然而对于黛博拉、孩子们以及我而言，洛矶顶是我们远离城市喧嚣的地方。白头鹰在布瑞索斯河上方翱翔与俯冲，它们的尖啸声惊吓到河边常见的鹿群。我们在屋子下方的绿色草地养了 28 头长角牛（每年，黛博拉都给新生的小牛取一些非常不牛仔的名字,比如苏菲或西西,随她去）。春天时，大片的矢车菊覆盖了整个丛林，像一块紫色的毯子。

我们搬进洛矶顶的时候，卡森与芮根还是青少年。他们还没进大学的前几年，带了许多朋友来这里打猎、钓鱼，骑着马探索绵延数英里的领地。

在这个牧场，我和黛博拉巩固了两人之间的感情；我们是最好的朋友和深爱对方的情人，两人亲密到开玩笑说彼此的心“像魔鬼毡黏得那么牢”。这里也成为我们的停泊处，我们知道无论以后搬去哪里，这里永远是我们的家。

结果，我们还真的搬了。1998 年，厌倦了公园市和达拉斯的激烈竞争，黛博拉后来称之“在‘远东’的十二年流亡”，我们回到沃思堡。我们搬进在一处高尔夫球场上的法式斜坡屋顶出租屋，在楚尼提河旁，靠近森林保护区的一个僻静地，开始建造我们的新家。然后我们开始计划想象中的下半辈子。

我们搬去沃思堡才几天，黛博拉就在《星电报》上读到一篇关于城市里游民的报道，文章里提到一个地方叫“联合福音慈善机构”。当时，黛博拉心里有个声音不断跟她说，那里也许是她安身的地方。没有多久，我们就收到老友黛比·布朗寄来的一封信，邀请我们加入“联合福音慈善机构之友”的捐款团体。黛博拉立刻跟我说，她不但想参加，还想询问怎么样才能去机构当义工。

“我希望你能跟我一起去。”她说,边笑边歪头的模样让人完全难以抗拒,有时我觉得她应该拿去注册专利。

机构在东兰卡斯特街，那是城里一个危险的区域。得州的谋杀率虽然在下降，但我肯定任何还在从事谋杀的人大概都还住在那附近。

我也回她一个笑。“当然好啊。”

但我偷偷盼望，等她真的跟那些抢过我艺廊的肮脏乞丐打过交道之后，就会发现在东兰卡斯特街当义工太可怕，也太真实。然后我们就能回到以前的方式，捐点旧衣或家具——或者，如果她真觉得离不开那里，我们可以多捐点钱。

照道理我应该没笨到这么想才对。除了黄蜂和黑钻级滑雪坡，黛博拉只怕一样东西……

# 16.

信不信由你，游民丛林以前也有一套可称为“荣誉制”或团结的东西。如果一个家伙拿到一罐维也纳香肠，而周围有五个人，那他就会给每人一条香肠、一杯啤酒、半品脱烈酒或毒品。因为谁知道呢，也许隔天别人手上就有他想要的东西。

我那个圈子里有个人住在一辆车子里，金色的福特银河五百。后来我跟他交情很好。有一次他被捕，必须离开一段时间，于是叫我帮他看车子。这车当然不是新的，但我很喜欢，车的性能也很好。我并不常开，因为我之前只开过牵引机。他都是住在车里的，于是我想说，我也住车子里好了。

这时我想到一个主意：车里的空间可以容纳不止一个人睡觉。于是我开始出租后座的两个睡觉空间——一个晚上三块钱。大家说这比睡人行道好得多，于是，我经营我的“银河希尔顿饭店”好一阵子，直到警察把车拖走，说我的“饭店”积欠了罚单，并且没有保险。

住在社区里每天上班的人，完全无法体会那种生活。如果你把一个普通人丢到游民丛林里或桥下，他一定会不知所措。游民生活要教才能学会，就算穿西装打领带，也不可能自己就会“丢汉堡”那一套。

有一阵子我还有些同伴，但是几个冬天过去，我开始疏离跟我来往的人，有点像是退避到沉默里。我不知道为什么，或许是某种“心理调适”，或许我只是有点发疯。有很长一段时间，我不跟任何人说话，也不想要别人理我。如果我觉得受到威胁，我就攻击。我用“丢汉堡”赚的钱买了一把点二二手枪，我想我需要保护自己。那时心里会起一个念头，觉得全世界没有人关心我的死活。心里有这种念头的人会变得凶恶危险。他们遵守着丛林的游戏规则。

我喜欢用拳头赢得尊敬。有一次我在打公共电话，排在后面的人走过来，我还没讲完就把我电话挂断。我拿话筒打破他的头，他跌倒在地，一边哀叫一边按着头，血从他的指缝流出来，而我就这样扬长而去。

另一次我在公路下睡觉，几个从贫民窟来的帮派分子偷偷潜进游民丛林，偷走游民拥有的一丁点东西。就是些年轻黑人——做年轻人会做的事，以为聚在一起大声骂脏话全世界都怕他们。那时天色已黑，我躺在我的纸箱里，听见他们的动静。

我现在不能直述我那天晚上用的语言，就说我骂了他们几句好了。我手里拿着一根锯断的铁管冲出纸箱，挥舞着叫道：“你们抢错对象了！我要杀了你们！以为我不敢？看我杀了你们！”

他们有三个人。但要是面对一个看起来疯狂的游民，拿一根水管对着每个人的头挥舞威胁要杀人，即使三个对一个他们的胜算也不大，他们放弃了这个赌注，扭头就跑，我也扭头就跑——直接跑向我朋友从警方那里领回来的福特银河。我跳进去，挖出朋友藏在椅垫底下的钥匙，发动车子，一直开到贫民窟准备复仇。

我已经看不见那些贼，但我知道他们打哪来的，贫民窟离我不过几个路口。我开得很快，没多久就看到那一长条矮土墩后面的红砖房屋——有人沿街搭起土墩，不让人开车到后面的居住地方。我开到土墩也没减速，开上人行道后猛踩油门，福特银河沿着土墩直直地飞了出去，就像电视上看到的特技表演。车子降落在贫民窟中间，冒烟冒得像蒸汽火车一样。

我没熄火就跳下车，开始大喊。“来啊！来啊！出来啊！我杀了你们！”虽然时间很晚，但还有几个人在院子里。他们大部分都吓得冲进屋里，妈妈急着把小孩赶回家。

没多久，灯就开始亮起来。我知道有人报了警，所以我跳回车里加速离开。我惹了大麻烦，必须躲一阵子。警察又把我朋友的福特银河拖走了，但没有逮捕他，因为他发誓车子被偷了（其实事实也是如此，因为我开走车并没有经过他的允许）。而且他也不符合目击者描述的那个开着金色车子闯进贫民窟的人。

如果那件事发生在今天，可能会有人掏出一把枪射杀我。但那时候，没有一个年轻人出来面对我，我想他们大概觉得，一个疯狂到会开着车冲到都是女人小孩的地方，可能也会疯狂到把他们干掉。他们是对的，要是我找到他们，我肯定会杀人。尤其是我当时还拿着枪。

之后我必须躲一阵，所以我很快逃回路易斯安那州，等事情平息。我把枪带在身边。后来我因此落入白人发明的最糟糕的一个炼狱。

我到了什里夫波特，但我身上没有钱。不过我有那把“点二二”，我想我若是拿出来对着某个有钱人晃晃，他可能会给我一点钱。现在我对这件事一点也不感到自豪。我那时决定去抢市立公交车。我站在路口，等到公交车减速停下来。门一打开，我跳上台阶，给司机看我的手枪。

“把那个盒子打开，里面的钱给我！”我大喊。车上只有一两个人，他们很快蹲在位子下，一个女士哭了起来。

司机的眼睛瞪得老大。“我没办法开，”他说，声音有点发抖，“我没有钥匙。除非打破才能拿到钱。”

我看着盒子里的钱，又看看公车上蹲着的人，那女士还在哭。我回头看司机，他一直盯着我的枪。然后我下车了。我虽然凶狠，但没凶狠到对一个那天倒霉去上班的人开枪。但现在我在沃思堡和什里夫波特都犯法了，所以我决定自首。但我没跟警察说我的真名。我说我叫托马斯·摩尔，因为就算我的名字是亚伯拉罕·林肯，对法官而言都差不多。他判我持枪抢劫有罪，把我送到安哥拉监狱关二十年。

当时是 1968 年 5 月。要是你没听说过安哥拉，那我可以告诉你，那里是地狱，三面环河。那时我并不晓得，但在当年，那是美国最黑暗险恶的监狱。

我到那里几天后，一个我在什里夫波特监狱认识的囚犯看见我，伸出一只手仿佛要跟我握手，然而他却给我一把刀，“把这放在你枕头下面，”他说，“你会用到它。”

我又回到田里，只不过这次我是真正的奴隶，因为他们就是这样把监狱弄得像农庄一样，只不过现在换成囚犯整天在烈阳下做农忙。由于警卫不够，有的囚犯要充当警卫，还佩枪。他们喜欢在我们工作的时候拿枪指着我们。往往，今天跟我一起工作的人，隔天就没有回来，然后再也没有人见过他。

那时，一个没有刀子的人在安哥拉监狱，下场不是被强暴就是死。我在那里的头几年，至少有四十个人被捅死，另外有几百个人受到严重刀伤。为保护自己，我做了该做的事。

我当时被判的刑期叫做“买一送一”。法官判我二十年，但十年以后就放我出来。我没脸去找赫莎丽靠她供养，于是我回到沃思堡。我知道在那里我不会有家也不会有工作，但我知道怎么活下去。街头传开来说我待过安哥拉，因此没有人敢惹我。

但我也没吓唬任何人。我在商业街上联合劝募协会的门口睡了很多年。每天早上，在里头工作的某个女士都给我一个三明治。我们从来不知道彼此叫什么名字。我希望可以谢谢她。有趣的是，联合劝募大楼旁边就是一间教堂，那么多年来，教堂的人从来没往我这边看过一眼。

我在那里睡了很久，沃思堡警方开始到处张贴“禁止逗留”的标语，逼我另找睡觉地点。后来我发现，某些有钱白人打算“复苏”市中心。衣着褴褛的黑人睡在人行道上，不属于计划的一部分。警方说我必须去联合福音慈善机构。在街头那么多年，也许十几二十年吧，我不想就这样搬进室内。于是，我就在机构对面一栋无人大楼的街角铺我的毯子。机构的经理席斯勒先生跟我说过很多次，叫我不必露宿街头。又过了很多年，他给我一张床，让我打扫机构当做交换条件。

# 17.

黛博拉六岁的时候发起过一个纵火俱乐部。想参加的朋友，必须从妈妈的厨房里偷火柴交给黛博拉，她再教大家怎么使用。某一次她在示范的时候，差点烧掉一个帐篷。虽未酿成大祸，但还是被爸爸用皮带抽了一顿，几个礼拜不能穿泳装。

另外一次，她在好奇之下搜集了一桶牛蛙，然后倒在三个正在跟她妈妈玩桥牌的女士膝上。结果现场满是尖叫的女士、翻倒的冰茶，然后她被一顿打屁股。

现在我们五十多岁了，肮脏小巷的流浪汉能吓到她那岂不是奢望？真正能让她害怕的其实只有薄冰、黄蜂和响尾蛇。她可不是什么怕羞的人。

但她却还有一个忧虑——错过上帝的感召，她觉得是上帝召唤她去当义工。我也想说：我也感觉上帝要我做这件工作，但我没有。但我确实感召到该当一个好丈夫，于是我开始做了。

联合福音就在沃思堡美丽的重建区后面，这个城市的都市复兴已成为全国模范，因为有亿万富翁的厚爱。市中心的玻璃高楼里有复杂的法律与金融活动，附近的人行道上是一排排重新以红砖和赤红色沙石整修过外墙的暖色系建物，还有优雅的锻铁花圃、整齐的行道树，以及——毕竟这里是得州——修剪成长角牛的树木。宽达三个路口的文化区里，有三家世界级博物馆——坎姆贝尔美术馆、阿蒙卡特美术馆和现代艺术博物馆。再往东走一英里，圆石地面的广场旁是露天咖啡座，风雅人士可以坐下来喝拿铁和矿泉水，一边看穿着有马刺马靴的牛仔漫步而过。

然而再往东行，重建区的色彩和植物便褪色成绝望和沮丧。沿着 30 号和 35 号州际公路交流道的下面开，穿过一片通称“混音大师”的缠绕公路，然后经过一条隧道，有钱人和难看的穷人就这样被分开了，再也没有广场、纪念碑或花圃，当然也没有风雅人士。取而代之的是：玻璃都破了的破烂房子，墙上有尿渍和涂鸦，空地的强生草长得高到可以隐藏遍地的空伏特加酒瓶和各式各样的醉汉。

从那条隧道开出来，会让大部分人吓一跳，以为自己走错路。然而在 1998 年早春的某个晴朗礼拜一，我和黛博拉有目的地开去那里，驱使她的是想帮助不幸人们的心，驱使我的则是我对妻子的爱。

我们穿越黑暗隧道开往东兰卡斯特街时，目睹了一个奇怪的单向迁徙，一大群人像支流一样往东汇流成一条灵魂之河。在我们左边是一群邋遢的男人，跌跌撞撞从遮蔽空地的强生草丛走出来。右边是一群女人带着小孩，穿着肮脏且不协调的衣服摇摇晃晃地跟着，背后拖着绿色的垃圾袋。有一个大约八岁的男孩，全身上下只穿了一件内衣和一双黑色袜子。

“他们要去联合福音！”黛博拉兴奋地说，仿佛那一群衣衫褴褛的人是好久不见的得州基督教大学校友，而她等不及跟他们叙旧。对我而言，那些人看起来仿佛从中世纪偶然找到一个时间门，侥幸溜过来为了逃避一场瘟疫。

抵达联合福音后，我开着我们的卡车，沿车道的泄水道颠簸开向一个穿棕色裤子的胖男人，他叼着香烟在一个生锈的铁门旁站岗。我给他一个我最友善的笑容。“我们是来当义工的。”我说。

他回给我一个没牙齿的笑，我发誓他的烟连动都没动，就黏在他的下唇，仿佛他用订书机钉在上面一样。

我开进停车场，心想怎样才能以最快的速度出来，但黛博拉忽然转过来跟我说话，用一种当你深爱某人多年以后才能分辨的语气，那代表了：“听我一次。”

“朗，进去之前，我有话跟你说。”她头往后靠，闭上眼睛，“我对这个地方有不同的想象。我想象街道上有白色花圃、树木和黄花。很多很多黄花，就像洛矶顶的六月草坪。”

黛博拉睁开眼睛，转向我，带着期盼的笑容：“你想象不出来吗？没有流浪汉，水沟里没有垃圾，一个美丽的地方，让这些人知道上帝爱他们如同它爱隧道另一边的人。”

我笑一笑，亲了我的指尖一下，然后贴到她的脸颊。“是的，我能想象。”我只是没提，我觉得她想象力太丰富了一些。

她迟疑一下，然后又开口。“我梦到过这里。”

“这里？”

“是的，”她说，专注地看着我，“我看见这个地方改变。很美，就像我刚说的，有花什么的。梦境很清楚，就像我已经站在未来的这里一样。”

走进联合福音，我们见到主任唐•席斯勒。他五十出头，矮胖，蓄短胡，短发，看起来较像银行家或会计师，不像照顾游民的人——但我也不知道照顾游民的人应该长什么样。席斯勒介绍我们认识义工统筹帕姆，她带我们参观公共区域，包括厨房和礼拜堂。

两个地方都肮脏且没有窗户，充满体臭、陈年油腻味和其他认不出来的味道，让我想转身逃跑。厨房油腻的地板让我们走路像溜冰一样，一路溜到一个冒汗的老烟枪面前，一个生龙活虎的人，叫“吉姆厨师”。

吉姆·摩根这个人，就像兄弟一样，省掉握手直接来个拥抱。他先像大学老友一样抱着我拍背，然后给黛博拉一个较温和的紧拥。他瘦削，头发花白，看起来有六十多岁，但实际上他可能比外表年轻。他穿格子裤和厨师上衣，衣服竟然都没有污渍。

吉姆厨师热情地与我们聊信仰、游民，没聊什么食物。他非常健谈，用了一些我没听过的词。他不符合我想象中的游民形象：根据我的理解，游民不外乎是没受教育或不够聪明，才会让自己落入那种情况。

结果，吉姆厨师是我们得州基督教大学的校友，他的儿子在十几岁时悲剧性夭折，造成他妻子住进精神病院。吉姆则是用大量酒精和药物来麻痹自己的双倍悲痛，这让他丢了在国际级饭店的外烩大厨工作，然后又失去他的家。现在他在联合福音用他的手艺来交换住宿，同时试着重建他的生活。

吉姆用自嘲的方式跟我们分享他的故事，没有一丁点责怪或自怜。然后他鼓励我们来这里，一个礼拜一次——帮游民分菜。

“用爱感染他们！”他说。

他用的词再恰当不过了，因为最让我害怕的大概就是染病。每个礼拜花几小时，困在一个闻起来像用洗洁精水煮臭鸡蛋一样的厨房已经够糟了。我更加不希望被别人碰触，生怕染上我怀疑飘浮在每个空气分子里的细菌和寄生虫。

吉姆厨师和黛博拉轻松闲谈，我在心里面取舍：到底是取悦太太重要，还是避免染上绝症重要。我得承认，这个主意好像是个简单的开始——一个礼拜来分晚餐的菜，最多三四个小时我们就能离开。我们可以站在生锈的铁制餐点台后面服务,安全地跟顾客隔开。而且我们可以从厨房后门进出，和那些可能抢我们钱的人维持在最低限度的接触。这整个安排是最好的方法，不仅能满足黛博拉帮助游民的渴望，而且还可以不碰到他们或让他们碰到我们。

她开朗的笑声把我的注意力拉回屋内。“我觉得听起来太棒了，吉姆！”她说，“我看明天就开始吧。事实上呢，我们每个礼拜二都可以来分菜，除非我们另行通知。”

“赞美上帝！”吉姆厨师说，这次他给了黛博拉一个大大的拥抱。对我而言这个计划一点儿也不棒，但黛博拉没问我的想法，她向来就很少听大多数人的意见。

开车回家的路上，她说到，社会通常认为游民懒惰又愚蠢，或许有些是这样，但她觉得在那个表面印象之下还有更多东西：官能障碍和成瘾。没错！当然还有天赋——比如爱、信仰和智慧——像珍珠一样隐藏着，有待挖掘、擦亮和镶嵌。

那天晚上她又梦到联合福音，这次是梦到某个人。

“就像《传道书》里的篇章，”隔天早上早餐时她跟我说，“一个智者改变了城市。我看到他了。”

她谨慎地凝视我，仿佛担心我不相信她，或是以为她疯了。但我知道她不是那种满口异象怪诞的人。我倒新鲜咖啡在她杯子里：“你在梦里看见了那个人？”

“是的，”她小心翼翼地说，“我看见了他的脸。”

一开始，那一串拖着脚步、在礼拜二来领取施舍的枯萎灵魂让我沮丧。

排在队伍前面的是带小孩的妈妈，大部分穿着肮脏又不合身的衣服，头发看起来像用厨房刀子修剪的。接着是年纪十八岁到八十多岁的女人，然后是“老”男人,许多人比我还年轻,但满是皱纹又憔悴的脸让他们看起来苍老。之后是年轻一点的男性，有的疲惫或绷着脸，有的以喧闹虚假的开心来掩饰羞耻感。这些人白天在街头游荡，晚上睡在机构里。

最后进来的是真正的流浪汉，邋遢又发臭。我花了一点时间才习惯他们的味道，那味道跟着他们，像化学工厂上方的毒云，那味道似乎黏在我的鼻毛上。我发誓,我看见有些人的头发在动,因为藏于其中的头虱在蠕动；有一两个人的手脚只剩下残肢部分；一个长发家伙戴的项链是用几百个烟蒂串在一起做成的，他身上的皮带扣绑着一个黑色塑料袋，我不想知道里面有什么。

每一个人到联合福音享用免费食物前，都必须先到礼拜堂像死人一样坐在硬板凳上，听一个白发苍苍，近乎瞎眼，叫做比尔兄弟的牧师咆哮着布道。我在厨房里靠礼拜堂的门这边听见传达出火与硫黄、爱之深责之切信息的话。而那道门是要上锁的，避免有人逃离圣坛的召唤。我同意，通常很有说服力，然而让饥饿的人像乖狗一样等他们的晚餐，对我而言就是一种戏弄。当比尔兄弟石破天惊地激动布道时，也没半个人冲出礼拜堂的大门，挥舞双手赞美上帝，我不意外，至少不会是我们还在那里的时候那么做。

接受我们服务的男女，似乎对于有这么一对露齿微笑的夫妇来分晚餐而感到惊喜。我确定他们以为黛博拉大概在用安非他命,或者准备竞选市长,因为他们大概从没碰到过像她这样，不断对他们微笑问候的人。

“我是黛博拉，这是我先生——朗，”她说，仿佛欢迎来家里的客人，“你叫什么名字？”通常，对方只面无表情地看她一眼。有些人目瞪口呆地看着她，仿佛她才刚从火星搭太空船回到地球。

当然，也有人会回答。从那天起，她就永远对着一脸凶悍、名字叫布区或杀手的人说："哦，你的名字真好听！"

我们第一天服务的几百个人里，只有几个人告诉我们他们叫什么。黛博拉把他们的名字写下来：梅尔文、查理、霍尔、大卫、艾尔，还有泰尼——一个 6.5 英尺、体重 500 磅的亲切家伙，他穿吊带裤，毛茸茸的蓝色室内拖鞋，不穿衬衫。

有一个拒绝告诉我们名字的人，倒是跟我们分享他对我们善行的看法。他是个黑人，很瘦，看起来非常不合时宜：身上一套淡紫色人造纤维西装，皮条客常打的领带，他不知用什么方法将衣服烫得很整齐，戴着一顶米色软呢帽和深色太阳眼镜，镜框旁有金色的设计师品牌标记。后来我们知道别人叫他"先生"。

第一个礼拜二，"先生"走到我身边，用一种挑衅、老板似的态度对我说话，仿佛机构的餐厅是他的，而我擅自闯入。"我不知道你们是谁，"他叼着一根未点燃、有滤嘴的雪茄咆哮着说，"但你以为你们来这里是帮我们一个大忙。嗯，今天晚上，你跟你那漂亮老婆回到你们有三个卧房的农舍，坐在躺椅上看电视，觉得自己比我们优秀，你就这样想好了！如果有一天你少领了几张薪水支票、你老婆离开你，你也会无家可归，就跟我们一样！"

就我本身而言关于"帮忙"的部分我不愿承认，但他说得很对。我不知道该说什么，但我一开口说的是："谢谢你。谢谢你帮助我从你的角度来看游民问题。"

"先生"无动于衷，看我一眼，像在看虫子，咬着雪茄嫌恶地离开。

这次冲突让我有点气馁，但也让我了解到某些人的感受。一个想法逐渐侵入我的脑子：或许我的任务不是去分析他们，把他们当成什么新奇标本来看待，而只是去认识他们。

同时，黛博拉似乎不受任何轻蔑、奇怪的扫视或沉默所干扰。她想认识并真正替这些人服务，不只是为了自我感觉良好。第一天，她就爱上每个人。在她的鼓励下，我们记下那天知道的每一个名字，晚上替每一个人祈祷，甚至是难相处的“先生”。忽然间，我希望我能改变他的想法。

去了几次后，我们发现这些人唯一着急的是想尽办法排在队伍前头，理由如下：他们怕我们会把好东西分光——比如肉类；怕把剩汤或 7–11 的过期三明治，给那些不幸被安排坐在礼拜堂前面离门最远的人。每当那些离群的人拿到这些“低”福利，他们脸上的表情告诉我们一个悲哀的事实：身为社会的丢弃品，只好接受剩菜残羹。

我们觉得这问题太容易解决了，只要多准备一点食物，就能让排在最后的流浪汉也能跟住机构的人吃得一样好。于是我们请吉姆厨师帮这个忙，他也同意。从那之后，我们很高兴能提供流浪汉一些好食物，如炸鸡、烤牛肉和肉丸意大利面。

那是我头一次试图去改善这些人的生活——黛博拉希望我能服务的这些人。虽然我没接触过任何一个，但他们已经感动我。

我们去服务的第三个礼拜二，黛博拉和我正在餐厅帮吉姆厨师准备额外的食物。瞎眼兄弟比尔刚结束关于宽恕的布道,大家正涌进来准备吃东西，这时我们听见金属撞击声，一个人在靠近礼拜堂门口的地方怒吼。我们吓了一跳，看见大约二十个人从那个方向逃过来，一个高大愤怒的黑人猛力把另一张椅子丢到餐厅地上。

“是谁干的？我要杀了他！”他大吼，“谁偷了我的鞋，我要杀了他！”然后他骂了一连串脏话，冲进人群里，任何一个笨得挡了路的人都中了他的拳。

看起来，一场打架好像就要爆发在礼拜堂的门口。我扫视着屋内寻找机构的人员来处理，这时黛博拉靠过来兴奋地在我耳边悄悄地说：

“就是他！”

“什么！”我不耐烦地说，“你在说什么？”

“他就是我在梦里看到的人！那个会改变城市的人。就是他！”

我转过来看着黛博拉，好像她真的发疯了。一群机构的人员从屋子另一边冲进来，开始用好言好语劝这个愤怒的人息怒，他不情愿地跟着他们走开了。

“就是他，”黛博拉又说一次，眼睛里发着光，“我想你应该试着跟他做朋友。”

“我？！”我的眼睛因为不敢置信而瞪大，“你有没有发现，你希望我跟他做朋友的那个人才刚刚威胁要杀掉二十个人？”

她把手放在我肩膀上，歪头微笑。“我真的觉得上帝告诉我，你应该试着对他伸出你的手。”

“抱歉，”我说，尽量不去看她歪头，“你跟上帝开会时我不在场。”

我没打算邀请一个杀人犯喝茶，但我们确实开始观察黛博拉说她在梦里看到的那个人。他激起我们的好奇心。也许是因为六十出头的他，看起来比实际年龄年轻，但同时又看起来更老。他穿着破烂衣服，独来独往，他的眼白黄得可怕。他从来不笑，也很少开口。我们也没看过任何人跟他打招呼。但也不是机构里其他人排挤他，而是大家跟他保持一个尊敬的距离，就像跟斗牛犬保持距离以保证安全那样。

礼拜二的时候，当排队的人几乎散光了，他会忽然从某处冒出来。面无表情也不做眼神接触，然后表明他要两盘，宣称一盘是给楼上的老人。这明显违反规定，但我们不是机构警察。于是我们给他两份并祝福他，他的反应是一片沉默。某个礼拜二，厨房里某人跟我们说，他的名字好像是达拉斯。

达拉斯总是在餐厅里选一个远离其他人的角落，自己先吃掉一盘。如果有人大着胆子坐在附近，他就起身离开。吃饭时，他严肃地盯着盘子里的东西，用仅剩的好牙细嚼慢咽。他从来不左顾右盼，而是有条不紊地把食物送进嘴里到吃完为止。然后他就消失，我的意思就是消失。他有个奇怪的能力：你很少看到他进来或出去。有点像是……现在他在这里，然后他不见了。

开车去机构的路上，我们常看见达拉斯独自站在街对面停车场的垃圾卡车阴影下，脸像石板一样。有几次，我偶然听见别人说这个独来独往的人是疯子，最好不要惹他。黛博拉把他的名字写在她的《圣经》里："城中有一个贫穷的智慧人，他用智慧救了那城。"

偶尔，黛博拉会提醒我，她感觉上帝要我当达拉斯的朋友。我没有去找新朋友，就算要找，来自沃思堡的达拉斯也不合适。

然而，为了博取黛博拉开心——上帝排第二——我开始谨慎地向这个人示好。

"你好，达拉斯，"只要我看到他就会说，"你今天好吗？"

大部分时候他不理我。但有时候，他的黄眼睛射过来一个眼神，说："离—我—远———点。"要不是我太太，我会很乐意照办。

过了几个月，机构的一个人听见我叫"达拉斯"，笑得仿佛我是村里的白痴一样。"他不叫达拉斯，笨蛋。叫丹佛。"

嗯，也许正因为这样！所以每次我跟他讲话，他都一副嫌恶的模样。忽然间我又燃起希望。

"嘿，丹佛！"下一次我在垃圾卡车旁看到他的时候大喊，他连看都不看我一眼。

# 18.

我在联合福音一切都好，直到那对微笑的白人夫妇开始在礼拜二到餐厅分菜。每个礼拜，那女人都把目标瞄准排在队伍里的我。她会给我一个大大的微笑，问我叫什么名字，好不好……你知道：这是没来由地“攻击”我。我尽可能避开她。

而我也没告诉她我叫丹佛，但某个白痴泄了我的底。之后，那女人就会拦住我的路，用她的瘦手指头指着我的脸，跟我说我不是坏人。

“丹佛，上帝爱你。”她会说。

我跟她说过好几次不要惹我，因为我是恶人。

“你不是恶人，再也别这么说！”

她跟我要嘴皮子，从来没有女人对我这么做，少数敢这么做的男人很少有不受伤的。但她一直“攻击”我，直到我自问，我到底对这女人做了什么，为什么她不放过我？让我管好自己的事就好了。

当个游民似乎不需要什么技巧，但我告诉你，为了生存，游民必须知道外头有些什么人，有些什么事。沃思堡游民对我的认识是这样的：别挡我的路，因为我会把人打倒，让对方还没倒地前就先昏过去。

然而，不管我在联合福音表现得多凶多坏，就是没办法摆脱那女人。我已经很久没碰到不怕我的人了。我觉得她似乎有双心灵之眼——她可以看穿我的皮肤，看见我本质是什么样的人。

让我告诉你，游民是怎么看待为游民服务的人的：如果你是游民，你不禁会想，为什么某些人要来当义工。他们要的是什么？每个人都有想要的东西。比如说，那对夫妇到联合福音的时候，我觉得那男的看起来像警察，就他的衣着和他的行为而言，太高尚了。他老婆也是，她的行为、她对待人的方式……看起来就是太复杂。不是她穿衣服的方式，是她的表现给人的感觉。而且他们两个都问太多问题。

其他人都爱上他们的时候，我还是个所谓的怀疑论者。我没往邪恶的方面想，只不过，他们看起来不像是会来这里跟游民打交道的人。那样的人或许不会觉得自己比你优秀，可作为游民的你这时候会感觉他们觉得自己比你优秀。

然而这两个人不同。理由之一，他们不是只有假日才来。大部分人不希望游民靠近他们，因为觉得脏，或有什么疾病，或者怕被游民的生活方式影响。他们在圣诞节、复活节和感恩节来，给你一小块火鸡肉和微温的酱汁，然后回家围坐在自己餐桌旁，到明年同一个时候以前不会再想起你。时间一到他们才觉得有一点罪恶感，因为他们需要感恩的东西太多了。

礼拜二，我开始等到队伍快结束时才去吃，这样我就能快速通过，完全不必跟那对夫妇说话。但这不代表我没有在监视他们。

# 19.

过了好几个月，我才察觉自己的心在改变，好像用烤箱稍微热过一样，外头暖的，但中间还有点冰凉。要去机构的礼拜二早晨醒来时，我感觉就像礼拜六早上在洛矶顶醒来一样兴奋，我很确定发生了一些事，不是那种死而复生的奇迹或什么的。但认识我的人，至少会把它归类为一个小型奇迹。

我自己对这件事的看法是，或许只是或许——上帝呼叫黛博拉的时候，也打了电话给我。不忙的日子里，我发现自己也去机构。没多久，社区里的人就能认出我那辆暗绿色三门卡车，看见我从隧道开出来到东兰卡斯特街时，他们会把纸袋装的酒瓶放到背后，向我挥手，仿佛我是刚下班回家的邻居。

有时我开到别的路上，就连在大白天，也有穿蓝色牛仔裤、恍如行尸走肉的年轻女孩要用性换香烟。或者想搭便车回妈妈家偷电视，然后拿去"现金美国"当掉。我只想倾听，做个样子。有时候，我待在机构附近，花一个晴朗的下午，坐在人行道上的空屋阴影下和游民聊天。有个家伙跟我说，他曾经和一千个美女结过一千次婚，她们全都跟奥普拉一样富有。当然了，她们偷走他赚的每一分钱，所以他问我能不能给他一根香烟。

如果我待得够久，专心用眼睛搜寻一个不想被别人看到的人，我几乎总是会看见丹佛。但我若是向他靠近，他就会跟我保持不变的距离。我现在叫他的真名，似乎只是有害而无益。他看起来只是更恼怒，好像他很生气我叫对了他的名字。

机构的居民现在已经给黛博拉取了“星期二太太”的绰号，他们很喜欢她。但她确信光是“喜欢”或是分通心粉和肉卷也不足以赢得他们信任。她领悟到，少了信任，我们的努力只能达到礼拜二晚上不饿肚子的目的，而无法做什么真正的改变。她的目标是改变生活、疗愈心灵、让破碎的男女重新加入整洁清醒的行列，搬去自己的地方，礼拜天和家人在公园度过。

她开始绞尽脑汁，想给他们的生活带来一点乐趣。她的第一个主意是：美容院之夜。黛博拉和她最好的朋友玛丽·艾伦·达文波特，带着化妆品、美发用具、香水、肥皂和各式各样做手指甲和脚趾甲的用具到机构去。女性游民聚过来。

黛博拉和玛丽·艾伦帮她们把头发里的虱子梳掉，然后洗干净，再用吹风机和卷子做造型。如果有女人想做脚趾甲，黛博拉和玛丽·艾伦就帮她们洗脚，用浮石把因穿不合脚的鞋子而长出来的趼磨掉，然后用女性化的颜色，如涂红色或粉红色指甲油涂脚趾甲。她们帮大家做脸和彻底改变造型，化妆品就留给那些女人。有时候在这样的晚上，某个女性游民在镜中看见自己，想到生活还没脱轨之前自己的样子，便哭了起来。

后来，黛博拉想出“电影之夜”。我觉得听起来有点蠢，然而第一天晚上，至少有五十个人出现，一起看一部有关布鲁克林大礼拜堂唱诗班的电影。第二个周三，餐厅坐了满满的一百五十个人。第三个礼拜三，奇迹出现了——

银幕画面没了之后，大家没有往出口散去，这些历尽沧桑的成年人开始哭泣，要求祈祷。造成蜕变的不是电影，而是简单的关怀。他们开始对我们吐露一些从来没对别人说出口的事——说真的，有些事我宁愿他们没告诉我们。

这给了黛博拉一个新主意——“生日之夜”。每个月一次，我们带一个华丽的糖霜大蛋糕过去，每个人都欢迎来尝一块，当月生日的人就吃两块。有的人不记得自己是几月生的，但我们从不检查身份证。蛋糕总是大受欢迎，以至于有些人好像越来越常过生日，有的人还每个月都过（我们带蛋糕去的那一年里，有的人一下老了十二岁）。

1998 年秋天，我们收到邮差送来的一封邀请函，结果这是一件珍宝。我们的友人蒂姆·泰勒要安排一次“向还没到的人伸出手”活动。地点是市中心一家剧院，位于地标酒吧“幻梦商队”顶楼。

黛博拉和我都去过这家爵士蓝调酒吧，老板是亿万富翁艾德·贝斯，沃思堡的开发重建者。酒吧到现在仍然时髦，可我们已经有好几年没去过那里。蒂姆的邀请函让黛博拉有个想法：我们可以开车到机构，去接任何一个想去城里享受无酒精夜晚活动的人。上帝总是习惯和醉汉与贪吃鬼打交道，所以她不认为场地会是个问题。

第二天，我们写了一张传单，公布免费演唱会的消息，然后开车到机构，贴在布告栏上，旁边传单的内容是要买穷人的血浆。

我们开车到机构的那天晚上，人行道被雨打得湿滑，我开休旅车，黛博拉开她的 Land Cruiser。不过我们还是有“顾客”上门：大约十五个男女站在发光的人行道上，全都穿上他们最好的施舍衣物。

包括丹佛。

我们看见他站在机构楼梯口时都吃了一惊，他肃穆又僵硬，像个独裁者铜像。但他显然打算跟我们一起去：他梳洗得很干净，黑色的皮肤发亮，映照着还算合身的深蓝色二手西装。当然了，他自己一个人站着，距离他人至少二十英尺,这一点我们也不意外,因为其他人把他当系着长链条的恶犬看待。

我下车打开车门，六个人坐进两排后座，只剩下前面乘客座的空位。没有人想坐在丹佛旁边，丹佛冷眼观察车上的骚动，但自己动也不动。整整五分钟，他就站在那里瞪着，我就等着。后来，他不发一语，悄悄靠近车边，迅速坐上前座，离我的手肘只有几英尺远。

我从来没有离他这么近过。感觉自己好像影《城市乡巴佬》里的比利·克里斯特尔——他独自一人跟凶恶的向导“卷毛”在大草原上露营,看着“卷毛”用磨刀皮带在磨小刀而发抖。为了缓和紧张气氛，我几次试着闲谈，但丹佛沉默且完全不动，像人面狮身像坐在前座。

开上路之后，其他人似乎很开心能坐在一辆车身不是写“沃思堡警察局”的车上。他们想知道车子的种种,每个月贷款多少,我还认不认识其他有钱人。

黛博拉开着 Land Cruiser，载了一车女士跟在后面。五分钟后，我们已经过了隧道抵达“幻梦商队”。我们停好车，客人下车谈笑，很高兴自己的一身打扮。我们全都排队进去，上楼进到剧院，位子倾斜向下，面对一个小舞台。

但是不见丹佛,我很快发现他没有进来。大家都坐好了,表演即将开始,我下了楼，我发现他站在人行道上抽烟。

“演唱会快开始了,”我说，“你不进来吗？”

烟围绕着他深色的头往上飘，我听见雨打在屋檐的噼啪声。丹佛什么也没说。我杵在门口等着他。最后，他从我身边走过，直接上了楼，仿佛我只是一尊没有生命的雪茄店印第安雕像。我跟着，他在最后一排找了个位子坐下，我坐到他身旁。

然后我做了一件蠢事：我诚心地笑了一下，然后拍拍他的膝盖。“丹佛，我很高兴你来了。”

他没有回我一个笑，甚至没有眨眼，只是站起来离开。一开始我不敢回头看，但演唱会开始之后，我用眼角余光看到他一个人坐在后排。

够了。他是疯子，我下结论。不值得我费神，他绝对是一个不知感恩的人。

然而我一直在想一个问题：会不会是我身上的一些东西是他不喜欢的？也许他觉得自己被一个会吹整发型的白人猎人当成目标，我在贫民窟辛苦狩猎四个月，就为了掳获一个战利品好跟朋友炫耀。但我若是捕获他，要拿他做什么？也许上帝和黛博拉之间的沟通有问题，也许我根本不该当他是朋友。

演唱会将近两小时。结束后，走回车子的路上，我们闪避地上的水坑。“客人”们不断感谢我们，除了丹佛以外。他跟平常一样走在后面，然而当其他客人都上后座之后，他走到我面前，这是我第一次在餐厅以外的地方听到他开口讲话。

“我想跟你道歉，”他说，“你跟你妻子试着对我好已经有一段时间了，而我一直刻意避开你们。很抱歉。”

我大吃一惊，不知道该说什么，也不想说太多，就怕他又跑掉，所以我只说：“没关系。”

“下次你再到联合福音，来找我，我们喝杯咖啡聊一下。”

“明天早上如何？”我一开口就太热情，“我去接你，然后我们一起吃早餐。我带你去你最喜欢的餐厅，我请客。”

“我没有最喜欢的餐厅，”他说。然后补充，“事实上，我可能没去过任何餐厅。”

“嗯，那我挑一家，然后八点半去接你。就你下车的那个地方。”

我们回到车上，我快速开回机构，等不及告诉黛博拉这个消息。

# 20.

如同我之前说的，我一直在注意“星期二先生”和“星期二太太”。他们跟那些假日义工不一样，他们每个礼拜都来，跟游民聊天，而且不怕这些游民，把他们当聪明人交谈。我开始在想，也许“星期二先生”和“星期二太太”是真的想做善事，而不只是像有的有钱人一样，想让自己感觉好一点。

所以，大家在讲什么去“幻梦商队”的事，引起我的兴趣。机构里尊重我的人很多，我想如果我去的话，可能会鼓励其他人一起去。除此之外，那些百万富翁开始整修市中心之前，我就住那里了。很多新大楼我都没看过，我也想去看看。

那时，我在机构的服装店工作。那是个看起来有百年历史的仓库，装有衣服、鞋子的箱子堆到快跟天花板灯泡一样高。当我听说要去“幻梦商队”，我就拿了那天找到的最好的一套西装，这可是特别挑的。

可是说老实话，我有点希望车子能坐满，然后我就可以不用去了。你知道，那感觉就是你试着做正确的事情，虽然心里其实不想做。嗯，结果我运气还真差，上帝帮我留了个位子。其他男人自己坐进那辆大车后座，你想他们给我留了什么？前座，就在“星期二先生”旁边。我就站在台阶上等，希望迟点还有人从机构里出来想去“幻梦商队”，这样我就不用去了。

结果，没人出来，于是我上了车。接着我就希望“星期二先生”不要跟我说话，但那就像希望太阳不要出来一样。当然了，他立刻开口。然后在“幻梦商队”，他不但不让我做自己的事，还硬把我拖进去，甚至把手放在我膝盖上！我猜他可能不知道我曾经为了更微不足道的事而把人打倒。

我不想他坐在我旁边，我不想任何人坐我旁边，我只想自己一个人，于是我站起来离开。我就是这样的人。

但过了一会儿，我开始觉得有点过意不去。我一直在观察“星期二先生”和“星期二太太”，我知道他们是真心想帮助人。如果我不跟他们说声感激，那就太可憎了。于是演唱会结束时，我等大家都上车，然后慢慢走到“星期二先生”旁边跟他道歉。

他说没关系。然后我说，或许我们可以在机构喝杯咖啡。

老天爷，多少不愉快的往事就这样跑出来。

# 21.

“幻梦商队”的演唱会结束后，我先回到联合福音。跟大家互道晚安之后，我让住机构的人在人行道旁下车，车子一开走就按快速拨号打电话给黛博拉。

“你绝对不敢相信！”她接起来的时候我说，“他跟我讲话了！”

“谁？”她说，“我听不太清楚你的声音。”我听见车里的女人还在聊天。

“丹佛！”

“什么！”

“丹佛！演唱会结束，他来跟我道歉说他一直躲我们。而且你猜怎样？明天我要请他去吃早餐！”

“我就知道！”黛博拉说，“我就知道你可以跟他做朋友！”

她好兴奋。那天晚上我们上床之前，一起祈祷，让我们知道如何对丹佛伸出手，让他知道我们关心他。但隔天早上我出门前，还是警告黛博拉，叫她别抱太大希望。

我准时来到机构，丹佛已经坐在台阶上等我。这是我第二次看到他打扮整齐，而且是连续第二天，这日是咔叽裤和白衬衫，领口的扣子没扣。

我们互相打招呼，然后边开车边闲聊，直到抵达仙人掌花咖啡店，我喜欢这家位于索罗克莫顿街上的小店。丹佛点了蛋、玉米粉和白脱牛奶，女服务生说他们没有白脱牛奶的时候，我暗地里感谢上帝。小的时候，看我爸大口喝掉那种酸掉结块的东西就让我作呕。

食物送来，接下来是耐心课程。丹佛把奶油融化到玉米粉里时，我的早餐已经吃掉一半；我用小面包蘸盘子里剩下的蛋黄时，他还没开始吃第一口。他花了整整一小时才吃完两颗蛋和玉米粉，我发誓，我已经想把他的叉子抢过来喂他吃掉。

当然，大多数时间说话的人是我，我问他的家庭，尽量不涉及太多私事，他也用同样策略来回答。他用平稳的乡下口音，时而笑时而仔细斟酌字句，把他的过去概略描述给我听。我得知他在路易斯安那州的农庄长大，一辈子从来没上过学，快三十岁的时候——他不确定是什么时候——跳上一列货运火车，身上只带了不到二十块钱。从此以后，他就流落街头，几次犯法而进出监狱。

忽然间，丹佛沉默地低下头。“怎么了？”我说，担心我太咄咄逼人。他抬起头来看着我的眼睛，他的眼睛像棕色激光一样锁定目标。我在心里默数一百，数到超过八十的时候他终于说话。

“介意我问你一个私人问题吗？”他说。

“当然不会，你想问什么就问。”

“我不想惹你生气，如果你不愿意就不必告诉我。”

“尽管问。”我说，绷紧神经。

又是长时间暂停。然后，他轻声问：“你叫什么名字？”

“我叫什么名字！你要问的就是这个？”

“是的，先生……”他冒险说，表现出难为情的样子，“在我住的圈圈里，是不问别人名字的。”

忽然间，我回想到第一天在联合福音时，我们看到的目瞪口呆表情——不问别人的名字……

“朗·霍尔！”我冲口说出，笑着。

“朗先生。”丹佛回答，翻译成农庄用法。

“不，朗，就好了。”

“不，是朗先生，”他坚决回答，“你妻子叫什么名字？”

“黛博拉。”

“黛比小姐，”他用充满感情的语气说，“我觉得她是天使。”

“我也觉得，”我说，“她可能是。”

他对黛博拉的深情感动了我，特别是他从来不曾真的跟她打过招呼。

我想我知道为什么。如果他对她敞开心胸，他就泄了自己的底，会影响他在丛林的生存，在那里他是狮子，所有人都怕他。在听完他的故事后，我知道他给自己开拓出另一种生活。用比较幸运的人的观点来看，他的生活虽然贫穷又可悲，但那是他可以驾驭的生活。经过三十多年，他已经是个专家。上帝或许在召唤丹佛，如同黛博拉告诉他的，但从丹佛的角度来看，上帝或许应该早点来叩门。

等他吃完早餐，我的头发都长一英寸了！我感觉他还没讲完，但我不知道还能说什么。最后，他问了我一个直接问题：“你想从我这里得到什么？”

直接命中！我心想。决定给他一个完全不经修饰的答案：“我只想当你的朋友。”

不可置信的表情让他扬起眉毛，接下来是一阵长长的沉默。

"让我想一想。"他终于说。

我没被拒绝，这点我也很意外。但我也从来没正式请求任何人当我的朋友。

我付了账。丹佛谢过我。开回机构的路上,他开始笑。我不懂笑点在哪，但他开始狂笑到眼角出现眼泪,然后他像吞了一只青蛙那样哽住，喘不过气。过了一条街，我也开始笑，一开始是不敢不笑，然后自然地笑出来，受到他真诚的欢乐所感染。

"机构里的人……"他结结巴巴说，仍然轻笑，一边拭泪，"机构的人以为你跟你妻子是中情局的人！"

"中情局！"

"是的，先生……中情局！"

"你也这么想吗？"

"是的。"他说，终于镇定下来，"大部分来服务的人只来一两次，然后就再也不会来。但你和你妻子每个礼拜都来，而且你妻子总是问每个人的名字和生日……你知道，这是在搜集资讯。你想想，如果不是中情局的人，谁会想知道一个游民的名字和生日？"

又过了一个礼拜，秋高气爽的蓝天，我再次见到丹佛已经是穿毛衣的季节。我开着三门卡车在东兰卡斯特街，看见他像石像一样站在机构对面的垃圾卡车旁边。我们带去看表演的整洁体面的男人不见了，丹佛回到他自在的流浪汉身份。

我开到人行道旁，落下乘客座的车窗。"上来吧，我们去喝杯咖啡。"

我往大学商场的星巴克开，商场是由查尔斯·霍吉斯设计，他是达拉斯沃思堡区的著名建筑师，也是我的朋友。他没在屋檐下放滴水兽，而是安置了复制的长角牛头骨，得州古色古香的风格。

我们排队，刚开始丹佛保持沉默，后来我才知道，他大感惊讶地发现大家排队花两到三块钱买一杯咖啡，而且还要用外语点。而且，他担心站柜台的人跟煮咖啡的人要做坏事。

他用手肘碰我，小声但激动地说："等下要打架了！"

"打架？"

"对，因为他们互相顶嘴。一个人说'低卡无脂那堤'，另一个人就喊回来，然后一个喊'冰砂'，另一个也喊'冰砂'，帮派才这样讲话。这样顶嘴在街头会死人的！"他看起来真的很担心。

我试着向他解释这种仿佛占领了文明世界的奇怪咖啡语言。然后我们拿着咖啡到外面，拉了椅子在绿伞下的黑色小露天桌旁坐下。我花几分钟时间，试着跟一个从没听过毕加索的人解释艺术经销商是什么。当我岔开话题想讨论法国印象主义，他看起来完全不感兴趣，然后彻底觉得无聊。

我终于发现他没在听，停止继续废话。然后是一阵安静。

打破沉默的是丹佛。"你说你叫什么名字？"

"朗。"

"然后你妻子叫什么名字？"

"黛博拉。"

"朗先生和黛比小姐，"他说，透出一个微笑，"我会试着记住。"

然后他的笑容变得一本正经，仿佛他忽然看到一束光，然后窗帘又被拉上。他盯着从他咖啡杯冒出来的水蒸气看。"关于你的请求，我想了很久。"

我不知道他在说什么。"我请求你什么？"

"当你的朋友。"

我下巴掉下来一英寸。我已经忘记是几时在仙人掌花咖啡店跟他说过，我要的只是他的友谊，他说他会想一想。我很震惊竟然有人花一个礼拜时间去想这种问题。我早已忘了那段对话，但是丹佛花了不少时间准备他的答案。

他抬起头，用一只眼睛看我，另一只眼睛像克林特·伊斯特伍德那样眯着："我听说过白人做的一件事让我觉得很有问题，是跟钓鱼有关。"

他很认真，我不敢笑，但我试着让场面轻松。"我不知道能不能帮上忙，"我笑着说，"我连渔具都没有。"

丹佛慢慢皱起眉头，不觉得好笑。"我想你能帮我。"

他从容不迫，一只眼睛还是盯着我，忽略我们身边来来去去的星巴克迷。"我听说白人去钓鱼的时候，会'捉与放'。"

捉与放？我严肃地点点头，同时好奇又紧张。

"我真的觉得很有问题，"丹佛继续说，"我就是不懂。因为黑人去钓鱼的时候，能钓到东西会让我们感到骄傲，我们带回去给想看的人看。然后把抓到的鱼吃掉……换句话说，我们钓鱼是维持生命。因此我觉得白人费那么大劲捉鱼，抓到以后就放回水里，真的很有问题。"

他又停下来，我们之间的沉默持续了一分钟。然后："你听见我说的了吗？"

我点点头，不敢开口，怕冒犯他。

丹佛偏过头，看着秋季的蓝天，然后又用具有穿透力的眼神盯着我看。"所以，朗先生，我想到是这样：如果你钓来一个朋友是为了捉与放，那我没兴趣当你朋友。"

世界仿佛忽然停下脚步，在我们身边静止下来，像电视上的静止画面。我可以听见自己的心跳声，想象丹佛可以从我胸前口袋看见我的心脏扑通跳动。我回给丹佛一个凝视，希望能展现出我听明白了他的话的表情，完全不望其他地方。

忽然间，他的眼神柔和下来，他说话的声音比之前更轻："但如果你要的是一个真正的朋友，那么，我永远是你的朋友。"

# 22.

我现在就告诉你，我第一次听到朗先生要我做他的朋友时，我心里是怎么想的：我不喜欢。他为什么想当我的朋友？他要什么？每个人都有想要的东西，他为何不挑别人？为什么要我当他的朋友？

你现在应该知道了，街头生活一层层黏在我身上，有一英里那么厚。有些游民有很多朋友，但我不让人接近，不是因为我怕受伤什么的。

做朋友是沉重的承诺。从某方面来说，甚至超越丈夫或妻子。而我很自私，我可以照顾自己，我不需要其他人当行李。而且，友谊对我而言不只是有个能讲话、支持你，或是聚聚的人。

做朋友就像在军队里当兵。你们住在一起，一起作战，一起死。我晓得朗先生不会从草丛里跑出来帮我打仗。

但我又多想了一下，或许，我们可以给对方不同东西。我可以当他一个不同的朋友，就像他当我一个不同的朋友。我知道他想帮助游民，我可以带他去他没办法自己去的地方。我不知道能在他的圈圈里找到什么，也不知道那里到底容不容得下我，但我知道他可以帮助我看看那条路的尽头到底有什么。

在我看来，公平掉换就不是抢劫，平等交易就不是诈骗。他会在乡村俱乐部保护我，而我在街头保护他。平等交易，一路到底。

# 23.

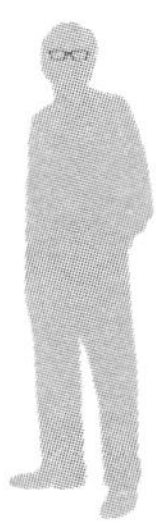

“但如果你要的是一个真正的朋友，那么，我永远是你的朋友。”

丹佛的话在我脑中回响，我从未听过任何人宣告友谊的方式比这个流浪汉还深刻动人。他让我感到谦卑，我能做的，就是给他一个简单但真心的承诺：“丹佛，如果你愿意当我的朋友，我答应我不会捉与放。”

他伸出手，我们握手。然后笑容像日出一样出现在他脸上，我们站起来拥抱了下。在那一刻，两人之间像冰山一般的恐惧和不信任，融化在星巴克外面温暖的露台上。

从那天起，我和丹佛就成了奇怪的一对。每个礼拜我去机构接他几次，我们去咖啡店、博物馆或小餐馆。黛博拉鼓励我，祈求她当初祈祷而来的友谊能开花结果。经过那次捉与放的对话之后，丹佛先前的含怒不语，融化成温和的害羞。“你有没有发现丹佛排队的时候会打招呼？”她说，眼神发亮，“我觉得你真的有进展。”

我和黛博拉再也不只是“星期二先生”和“星期二太太”，现在我们经常去联合福音。她留下来和妇女小孩一起工作，我则和丹佛去别处相聚。如果我打算带他去高档餐厅，我会先打电话过去，给他时间换上他那套像伪装一样的衣服。但我们如果是去星巴克，他就照自己的意思穿。通常这意味着穷酸样——纽扣歪了的肮脏衬衫、破洞的裤子、一双他当室内拖鞋穿的老旧皮鞋，鞋帮已给脚跟踩扁。

我在星巴克得知上世纪的奴隶制度。不是年轻黑人被人用绳索和链条带走的奴隶拍卖，而是债务奴役、贫穷、无知和剥削的奴隶制度。制度里的主子，丹佛的"主子"只是其中之一，他把所有的牌抓在手上，从最下面开始发，就像他爸爸教他的，以及之前的祖父。

丹佛出生的半个世纪以前，林肯正式宣称"上述各州以及各州部分区域之中，所有被当做奴隶的人从此都应自由。"说得好是好，但白人农庄主人不愿就这样退场。首先，南方州议会通过"黑人法规"，利用法律招数让黑人继续当奴隶，逼得联邦政府必须解散州议会，派军队接管顽固的南方。州立法者屈服之后，农场主和奴隶尝试新的安排：佃农制度。

结果是个恶魔交易。佃农制度不只在黑人和清寒白人身上制造贫穷与绝望，还在南方农庄弄出一个丑陋溃烂的裂缝，像丹佛这样，跌进去就永远出不来。

这个裂缝在红河郡随处可见，丹佛的主子是精明的庄家。他不愿失去他的劳动力补给，于是把牌都留给自己。他发出去贫困生计的牌，留给自己的是美国进步。他发出去苦工，但扣住教育这张牌。在上世纪，奴隶可以自由离开农庄，但债务和未受教育让他们被主子束缚。

我听丹佛的故事，一双五十岁的耳朵曾大受金博士[1]的梦想所感动。我后来发现在路易斯安那州柯沙塔，红河郡的一个小镇上，镇上的三K党曾

[1] 马丁•路德•金（Martin Luther King，1929—1968）：美国民权运动领袖，1964年度诺贝尔和平奖得主。著名演讲《我有一个梦想》迫使美国国会通过《民权法案》。

经计划暗杀金博士。联邦调查局想要突袭并破坏暗杀计划，但胡佛局长拒绝了。

我听得越多，越恨“主子”，越想去纠正路易斯安那州的现代奴隶主。我不断把丹佛的故事告诉愿意听的人。突然有一天，一个念头像右直拳一样击中我的脑袋：我自己的外公跟主子也没什么太大不同。虽然比较公平，没错！虽然在当时的得州外公是个诚实正直的人，但是他付的薪资和我们对待劳工的不当方式，还是不可原谅。

令人吃惊的是，丹佛一直说提供工作机会的人有权赚取利润，可丹佛的国家已经把人送上月亮了，他却还住在一个没有排水管、两个房间的长屋子，窗户上没有玻璃。即使如此他还是说主子不是真的坏人。

“他只是在做从小就耳濡目染的事，”丹佛说，“而且，如果大家都有钱，那谁来工作？”

他这种简单又实际地看问题方式吸引了我。经过那次捉与放的对话，我给他我的电话，告诉他我们住在哪，而这违反了机构义工的基本规定。事实上，在那次星巴克钓鱼课之前，我从没想过丹佛与我真的可以建立友谊——至少不会超过他所在社区的范围。

我痛恨承认这点，但我以前把自己想象成一个慷慨的施主：我给他一点我的宝贵时间，要是我没那么有爱心，我大可拿来多赚个几千元。有时候，我想象如果丹佛能保持整洁和清醒，我可以把他从流浪汉园地带去餐厅或商场做实地考察，像偷窥秀那样，让他看见负责任的生活可以有什么美好结果，也许因此能改变他。

我很清楚我也许造成了他的痛苦，以下是一些事实：他或许永远不可能拥有我们有的高级玩具，比如附睡铺的运马车。他也永远不可能拥有一个牧场或一幅毕加索的画。我很惊讶地发现，他一点也不在乎——尤其是毕加索的部分，尤其在丹佛看过他的一些作品之后。

某个下午我们去三座博物馆——肯堡美术馆、阿蒙卡特美术馆和现代艺术博物馆。到了现代艺术博物馆，他以为我在跟他开玩笑。我们看过毕加索一幅，该怎么说，比较欠缺组织的作品，丹佛看着我，仿佛博物馆策展人要卖什么蛇油一样。

“你是跟我开玩笑的吧？”他说，“这个真的叫艺术吗？”

我用类似的作品装饰我的家，身为艺术经销商，现代大师是我的利益基础。然而我们逛现代艺术博物馆那天，我试着从他的角度大胆地看几何、泼溅的颜料，以及画布上的大块“负空间”。我得承认：有些可以被当做垃圾来看。

丹佛最喜欢的是肯堡美术馆。古老的大师级作品像磁铁一样吸引他，尤其是出自好几世纪以前描述基督的作品。当我们走到马蒂斯一幅上世纪四十年代的巨幅画作，我跟他说这件作品要价一千二百万，他的下巴快掉下来了。

“嗯，”他用怀疑的眼神看着作品，“我不怎么喜欢，但我很高兴博物馆把它买下来，让我这样的人可以看到一千二百万的画是什么样子。”他犹豫了一下，然后补充：“你觉得，如果警卫知道我是游民，还会让我进来吗？”

我们去博物馆、餐厅和商场，我让丹佛看到另一种生活方式，就是人们花时间欣赏好的东西，谈想法，生鲭鱼比煮过的鲇鱼还贵。但他完全不为所动，认为他的生活方式不会比我糟，只是不一样。他指出一些不一致的地方：比如为什么有钱人说是寿司，而穷人说是鱼饵？

当丹佛说他连一天都不想跟我交换，我知道他是认真的。很早以前我们一起喝咖啡的时候，我把钥匙圈放在桌上，我就清楚知道他这个想法。

丹佛笑笑，谨慎羞怯地问了一个问题：“我知道这不关我的事……你拥有这每一把钥匙能开的东西吗？”

我瞄了钥匙圈一眼，大概有十把。“我想是吧。”我回答，没怎么思考。

“你确定是你拥有它们，而不是它们拥有你？”

这个智慧像强力胶黏在我的脑袋上。我越想，越确信，如果我们拥有得越少，越能享受生活。在某些方面，丹佛变成教授，我变成学生！他与我分享独特的心灵洞悉和古老的乡村智慧。

我也知道，虽然三十年的街头生活在他身上缝了一层厚皮，但也打造了坚固而强劲的心灵，以及对底层生活的深刻了解。他虽然在街头生活的罪恶与成瘾中打滚，但他宣称在孤寂时听见上帝呼唤。他的大脑已经将多年来看到的东西归档,他似乎只是在等一个倾听者。我很荣幸能当第一个人。

# 24.

我和朗先生开始花很多时间在一起，我带他去社区让他了解了解，他带我去博物馆、餐厅和小餐馆等。我从中学到很多，比如塔可和玉米卷饼的差别。塔可比较脆，玉米卷饼是那个长长的，在塔可旁边有点下陷的东西。（我通常只吃塔可里面的东西，因为我没剩几颗好牙。）我还发现餐厅和小餐馆的差别：餐厅会把刀叉卷在一条当做餐巾用的高级口布里。在小餐馆只有普通餐巾纸，通常不会拿来卷东西。

朗先生第一次带我去餐厅，我一直找不到叉子，然后我看见他把他桌上的深红色口布打开。他看见我呆头呆脑地看，跟我说那口布是餐巾，我觉得这些人疯了，这么多餐巾谁来洗？

我和黛比小姐说话也开始多起来，看到她的时候我不再躲，当她问我好不好，我会说好。她总是对我很好，问我的生活，我那天打算做什么，需不需要她带些什么给我。我常在“空地”看到她，我会帮她和贝蒂还有黛比小姐的朋友玛丽·艾伦小姐的忙。

我先认识贝蒂，后来才认识黛比小姐。

我不知道我认识贝蒂的时候她多大年纪，那时候的她头发已经白得像夏天的云，亮晶晶的眼睛蓝得像云背后的蓝天。她跟你说话的时候，会把一只手放在你的手臂上，仿佛她已经认识你一辈子了，好像你就是她的小孩。就算她把手放上一阵子也不让人厌烦，你只会觉得很高兴，上帝让这样一位女士降临在世界上。

贝蒂住在机构里，但不是因为她没地方去。很久以前，她住在普通的社区，先生过世后，贝蒂觉得有一种力量在牵引她的心，叫她把下半辈子奉献给游民。她把房子等一切都卖了，只留下一辆小丰田卡车，然后她问联合福音的人她可不可以来管理内务。

没多久，沃思堡的游民就都知道贝蒂了，她会去餐厅要剩饭剩菜，去商店要袜子、毯子、牙膏等。然后她一把老骨头就到最肮脏的街上，去协助一些凶狠到一见你就会把你头扭断的人。贝蒂并不怕，因为她相信天使围绕着她，不会让坏事发生在她身上。就算有，那也是上帝的旨意。

她从来不带钱包，只带那天她要给的东西以及她的《圣经》。过了一阵子，不管贝蒂相不相信她是天使，那也已经不重要了，就连街头最凶神恶煞的人也不敢碰她，因为要是碰的话一定会被打倒。到今天，那女人可以半夜赤裸地走在游民丛林，仍然安全得像在自己床上睡觉一样。

我也开始在“空地”帮她忙，流浪汉称那里叫“树下”。那地方在安妮街，城里治安最坏的区域之一，到处是成瘾的人和罪犯，还有穿着破烂衣衫、眼神空洞的人们，他们过得如此低下，连睁开眼睛发现自己又活过了一天都觉得惊讶。

别搞错，我自己也不是随时整洁清醒。就算我和朗先生变成了朋友，不代表我突然间就变成圣人。白天我们或许去些高级的地方，但晚上我还是去游民丛林，和大家共喝占边。

但我尽量礼拜二晚上不要喝太多，因为我喜欢隔天帮贝蒂的忙。每个礼拜三，她都去“空地”喂饱两百多个人，有点像奇迹，就像《圣经》里五饼二鱼的故事。没人知道那么多食物是哪里来的，但每个礼拜从两个路口以外就可以闻到香味：冒着热气的大锅里炖着牛肉、萝卜、青豆和红萝卜，好几篮的炸鸡，现煮的斑豆和好几壶的辣椒肉酱。全部都是家里厨房做的。仿佛大家一出现，这些东西就不知道从哪儿冒出来。

有一天，贝蒂发现我会唱歌，她便问我愿不愿意到“空地”来唱歌。一开始我有点担心，但贝蒂要你帮忙的话，你除了帮忙也没别的法子。

# 25.

遇见贝蒂后，黛博拉感觉到她会是引领自己进入新的心灵层次的人，跟在机构的环境里比起来，新的层次可以提供更无惧无私的服务。她想要把这经验和她最好的朋友玛丽·艾伦·达文波特分享，黛博拉称玛丽为“祈祷战士”，也就是说，她愿意停下来为任何人、任何事祈祷，只要对方让她这么做。

“Plucky”这个词听起来很呆,但韦伯斯特字典把它定义为“勇敢”及“大胆”，词条解释里应该要放上一张玛丽·艾伦的照片才对。玛丽是执照护士，她和她的医生丈夫亚伦和我们在 1980 年成为朋友，那年 7 月 4 日，我们举办泳池派对，地点就在前两年搬到沃思堡时所买的殖民风格的家中。我们邀请了霍金夫妇，他们问可否带达文波特夫妇一起来。

亚伦和玛丽·艾伦才刚从加尔维斯敦搬回沃思堡，亚伦在那边完成住院医师实习。我们不认识他们，但黛博拉听说过他们。她听说玛丽·艾伦怀三胞胎时很辛苦，她一直念她的名字帮她祈祷。

然而派对那天，当达文波特夫妇开到我家，玛丽·艾伦看见我们的大门廊、白色高柱，可容三辆车的车库看起来比他们整个家还大，她就开始发脾气。

“我不要进去！”她告诉亚伦。

“为什么不要？”他问。

“为什么不？天啊，你看看他们家！他们是百万富翁——我们跟他们会有什么共通点？”

于是达文波特夫妇坐在车子里，把冷气开到最强，争论是否该留下来。没多久，十五个月大的三胞胎和三岁的杰·马克开始哭闹。穿好了泳装和游泳圈的他们已经等不及了，不喜欢前座正在讨论的内容。最后，玛丽·艾伦输了，我记得他们第一次走进我们家后院，亚伦紧张地微笑，而玛丽·艾伦脸上的笑假得像仿的林布兰特画。

但黛博拉挽救了整个下午。“真高兴终于见到你！”她说，用温暖的笑容迎接玛丽·艾伦，“我已经为你和你的家人祈祷了好几个月。”然后，“百万富翁”的妻子黛博拉主动提议当三胞胎的保姆，让达文波特夫妇能在新家安顿。就这样，玛丽·艾伦放下她的武器。她很有风度地接受提议，两家人就此建立数十年的友谊。

黛博拉从玛丽·艾伦身上学到勇敢。她从来不曾勇敢，只是坚持；玛丽·艾伦勇敢又坚持。黛博拉邀请玛丽·艾伦到机构去当义工，丹佛的痛苦便“加倍”。他后来跟我说,因为现在不止一个,而是两个白人女士一起烦他。

在贝蒂的鼓励下，黛博拉和玛丽·艾伦开始每周一次在机构的妇幼礼拜堂教大家唱歌。然而最吸引黛博拉的是贝蒂在“空地”的服务。

“空地”本身是个绿意盎然的小庇护所，满布着紫薇、粗木长椅，以及用铁路瓷砖做的十字架，有人在上面用铁丝网做刺的点缀。然而，“空地”

附近的区域就是城市颓败的原型：生锈的铁链、木板围起来充公的房屋，隔壁的空地长满乱七八糟的强生草，掩盖了勉强还有生命力的身体。想吃贝蒂带来的免费午餐的客人，从“空地”旁边的露意丝酒吧跌跌撞撞走出来，他们在这昏暗的小店用乞讨来的钱买便宜的酒，好忘掉清醒的生活。我没有批判：在美国就是这样，酒精药物要付钱，但食物是免费的，只要他们愿意打个瞌睡听福音布道。

这样的人很多。他们每个礼拜拖着脚步到“空地”，有些人坐在生锈的轮椅上，让勉强能站的人推来，醉汉让比自己稍微清醒的人扛进来。在那里工作一个下午之后，黛博拉常哭着回家，为她碰到的酒鬼和毒虫伤心，他们为非常低下的生活付出非常高昂的代价。

我们和丹佛成为朋友之前，有时候会看见他站在对面，杵着不动和电线杆融为一体。我问过贝蒂他的事：“他有哪方面的问题？”

“丹佛？”她照旧轻声细语地回答，微笑着，“他帮我很多忙。帮我维修卡车，而且很会唱歌！”

偶尔，她会哄他来“空地”唱歌，或者礼拜四去参加她教唱歌的礼拜仪式。“丹佛这个人就是，你要找他的时候再叫他，因为他随时可以消失不见。”

虽然我们成为朋友，丹佛还是没完全放弃他的消失演出。他愧疚面对街上那些人，那些以前他曾威胁要杀掉的人。他们惧怕从前的丹佛，但全新的丹佛连他本人都害怕。所以当有人要求他做一些事，比如贝蒂请他唱歌，他就消失。他觉得没有这些的改变，一样能过得很好。

同时，黛博拉更勤奋地服务，她像朵花一样盛开了。我们结婚的二十几年里，我从没见过她这么快乐。我还能证明，这是我们夫妇相爱最深的一段时期。在咨询时积淀下来的平和，以及早几年在洛矶顶的生活，现在变成令人欢欣的满足。

如果我早点认清那句老话——“妈妈不高兴，全家都不高兴”——或许我们能早一点走到这一步，不管怎样我们终究还是走到了。黛博拉处于我俩感情关系的高峰，也给“空地”带来令人耳目一新又富有感染力的喜悦。在巨大老榆树下的长椅上，她总是在一片琥珀色的碎啤酒瓶和针筒里找到隐藏的珍珠。

其中一颗珍珠，就是一个灰发流浪汉脸上的笑容。他住在高架铁路下形状如棺材一样的纸箱里，他吃垃圾桶里的东西，这个令人不舒服的事实只要有鼻子的人都可以知道。他的胡子被呕吐物和最近几餐的剩菜缠结，他身上酒味之重，仿佛如果有人靠近他划一根火柴，他就会爆炸。

这个人的生命仿佛可以丢弃，然而他却有理由微笑。黛博拉受他吸引，给他一份家常食物和祈祷。然后她不解地问他：“你为什么这么快乐？”

“我醒来了！”他回答，憔悴的脸上眼神闪烁，“这就足够让人快乐了！”

黛博拉冲回来告诉我那个人说的话，仿佛她刚拿到一个宝藏，必须立刻存进我的记忆库。从那天起，这几个字——“我们醒来了！”——就是我们开口的第一句话，这句微不足道的话，提醒我们一件之前没有被视为理所当然的事——一个流浪汉却有足够的智慧看出事物最根本的本质。

我们每天都用这句话互道早安，却没想到这样珍贵的早晨很快就变得屈指可数。

# 26.

没多久，黛比小姐和玛丽·艾伦小姐就开始问我愿不愿意去她们的礼拜仪式唱歌。我愿意，如果她们够厉害能逮到我。我会唱一些在农庄时就铭记在心的灵歌,有时候我唱一些自己编的歌。就像我说的,我知道很多《圣经》里的文句。

但是没多久，黛比小姐又开始指使人。她不断说她要和一些教友要去森林里“听上帝的声音”。

“我一直在祈祷，丹佛，”她一看到我就说，“我相信上帝跟我说你应该和我们一起去。”

我可以确定我不想参加这档子事，但黛比小姐不放弃。我不理她，因为我绝对不可能跟一群白人女人一起开车到林子里。

嗯，但我知道她大概会把朗先生也扯进来。有一天在星巴克的时候，他开始讲到去林子里那件事。说不是只有女人，男人也会去。

“你想想看会碰到多少好人，”他说，“还有免费食物！”

“但他们跟我都不是一类人！”我说，“我不去！我才不想去认识别人！我尤其不要跟一群都是别人老婆的白人女士一起去！”

为了把我的意思表达清楚，我盯着他看，仿佛他疯了一样。

我不确定他后来跟黛比小姐说了什么，但我下次排队去领菜时，她用闪电般的速度从柜台后面跑出来，又用她的瘦指头指着我的脸。“丹佛，你要跟我们一起去，我不管你怎么说！”

我身高6英尺，体重230磅，一个六十多岁的凶狠黑人，而这个瘦小白人女士觉得她可以替我作决定。连大妈妈也不会这样跟我说话，一定是哪里出了问题——大问题。

终于，要出发的那天，黛比小姐开车到机构来找我。我尽可能躲起来，但某个爱管闲事的人看见我，跟她说我在哪里。她说服我至少到车上看一下还有谁要去。于是我走到机构前面。

我看看黛比小姐的车，果然，里面坐了四个白人女士。我这辈子光跟一个白人女士打交道就已经够倒霉了，现在这四个全都笑着对我挥手。“来啊，丹佛！我们希望你跟我们一起去！”

就在这时，一个坐在机构台阶上的流浪汉，开始像个小女孩一样唱歌：“对啊，丹佛，你去啊！”然后就是一阵爆笑。

他朋友也跟着唱：“轻轻摇……可爱的马车，快来带我回家……”两个人一起爆笑。

我一点儿也不觉得好笑，我必须作决定。车里那些白人女士试着对我友善，那两个家伙在台阶上又对我唱葬礼歌曲。我坐上车的时候，就好像决定要去冒生命危险，因为在那个寒冷的一月天，我却像八月的猪那样冒汗。

# 27.

认识丹佛以后，我的艺术生意也越渐获利，客户来找我和我的合伙人，而不是我们去找客户。与我们做交易的是一群精英客户，他们只对最好的作品有兴趣。虽然如此，1998 年秋天，我还是接到一个所有艺术经销商都梦寐以求的电话。

我和丹佛逛完博物馆，在送他回机构的路上手机就响了。电话那头的人拥有一间加拿大房地产开发公司，他们刚刚在沃思堡市中心买了一栋三十六层楼的银行大楼。他们运气很好，交易中还包括《老鹰》，二十世纪大师亚历山大·考尔德的四十英尺雕塑作品，是艺术家毕生创作的十六尊纪念碑式的固定雕塑之一。

当时，《老鹰》就固定在银行大楼外水泥广场上，位居市中心地带。沃思堡市民一直把这尊大师雕塑当成公共财产，象征城市在艺术与文化世界的地位。然而，新的加拿大物主没这么感情用事——电话那头的人要我把它卖掉。

我想到可能完成一笔七位数的交易就心跳加快——也许会是我生涯里最重要的一笔交易，特别是这么大的考尔德雕塑，几乎不太可能再有待售机会。当时，要是真的把它卖了，我可能有被逐出城的危险。我知道这是事实，因为前一个物主——濒临破产的那间银行，才在几年前请我研究出售的可能性，但最后放弃了，群众施加的压力连本地博物馆都拒绝买下那尊考尔德雕塑，所以它至今还留在城市里。但电话那头的加拿大人说，他们要一次利落、快速又无声的交易。结果，这样一个买主就出现了。

我们秘密地交易，包括代号，比如“凤凰”，这是我和合伙人专为处理这次特别交易而设立的德拉瓦公司。我们租了两台十八轮的运输卡车，以及工作人员和司机，他们将在夜里持手提钻拆卸十二吨重的雕塑。我开玩笑说，要是消息传出去，工作人员可能需要穿防弹衣。也许我只是半开玩笑：为了绝对保密，计划中有一个条款，就是工作人员在越过得州边境进入俄克拉荷马州之后，才能获知《老鹰》的运送目的地。

我们订下运送日期：四月十日。几个月时间过去，我和合伙人研究出细节。

十二月底，我试着说服丹佛和黛比一起去山中树林，直到一月我几乎放弃。黛博拉和玛丽·艾伦还是要去，但我没空送她们出发，因为出发日期刚好和棕榈海滩艺术展同一天。

手机响的时候，我正试着卖一幅马蒂斯素描给一对穿着粉红色便裤的时髦夫妇。是黛博拉打来的，跟我说她成功说服了丹佛。我们二十二岁的儿子卡森也准备进入艺术经销商这一行，他跟我同行，所以我让他接手。根据丹佛上回说的“同一个圈圈的人”，我不敢相信他真的上了黛博拉的车，更惊人的是，他还待了整个周末。

最重要的是，黛博拉继续说，最后一天，丹佛在所有白人女士的鼓励下唱歌了。他不情愿地坐在礼拜仪式区的钢琴前，大声唱了一首即兴之作。他的观众起立鼓掌。

“真希望你也在。”黛博拉说。

“我也希望。”然而，我在想，要是我去的话，或许丹佛和我会去钓鱼，而上帝其实是要丹佛唱歌。“不过再想想，”我说，“我想每个人都待在自己该在的时间与地点。”

我等不及听丹佛的看法——跟白人女士相聚的恐怖等。然而礼拜二我们去机构时，发现从礼拜天黛博拉送他回去以后，就再没有人见过他。又过了一天，还是不见丹佛。那天晚上在家里，黛博拉和我开始觉得好像是家人不见了。突然电话响起，是丹佛从医院打来的。

“我还好，”他说，“我回家后就疼得厉害，所以我走路去医院住院。”

我放下手边的事立刻出门。哈里斯医院在机构东南方，有整整两英里远。我加速开去，在“美味汉堡”买了丹佛最爱的香草奶昔。来到医院，我记得楼层但不记得房号，于是我在长走廊上挨个病房偷瞄一眼。最后我看到他的名字，手写在卡片上，插在一扇关着的门的门牌上。

一个金发护士站在附近，在表格上写笔记。“需要帮忙吗？”

“嗯，我刚花十分钟在找我朋友的病房，不过我找到了。”我朝着丹佛名字的卡片点点头。

“他不在里面，”她说，放低音量偷偷说，“里面那个是黑人，而且是游民。”

我笑一笑。“那显然我找对了。”

她觉得不好意思而匆匆退开，也许希望我不要跟她上司讲。我推开门：“嘿，丹佛！那些白人女士把你逼得住院了吗？”

丹佛现在已经笑得出来了，告诉我他走了很长一段路经过贫民区到医院。“别告诉黛比小姐，在林子里我吃了太多免费食物，可我不敢用主子的厕所，所以我在那里一直都没上。现在我等人帮我拔掉塞子！”

我们俩都狂笑。终于停顿下来的时候，他认真起来：“黛比小姐知道她为何要带我去那里。”他没吐露其他细节，我也没追问。

几个礼拜后，等他的肠子准备好，我带丹佛去那家他第一次学到怎么分辨组合餐的墨西哥餐厅。他点了他常吃的塔可、玉米卷饼、米饭和豆子，但他把东西推到一旁，他比较想讲话而不是吃东西。

“黛比小姐知道她在做什么——她带我离开街头环境，让我有时间想想我的生命，”他说，“你知道的，要先请恶魔出去，你才能打扫屋子！我去林子里就做这件事。让我有时间使头脑清醒，摆脱掉一些过去的邪恶事物，我想，上帝可能是要我在最后这段生命里做些什么。”

然后丹佛又沉默下来。最后，他把叉子插进豆泥，拿餐巾擦过手又放回膝上。“朗先生，我有重要的事情相告：黛比小姐在机构里做的事很重要，对上帝而言，她变得很珍贵。”

丹佛的眉头皱起来，头低垂。然后，他用每次要发表最认真的宣言前都有的愤慨眼神，说了几句到今天还在我耳边回响的话：“当你对上帝而言很珍贵，在此同时，也变得对撒旦很重要。朗先生，你要小心，不好的事就要发生在黛比小姐身上。小偷总是趁晚上才来。”

# 28.

生命中某些日子会让人铭记。

1963 年 12 月 22 日：约翰·肯尼迪遭到暗杀。这很容易记得，因为我就在他附近。

1969 年 7 月 20 日：阿姆斯特朗踏出个人的一小步，却是人类的一大步。那时我和黛博拉刚订婚，正在我得州基督教大学公寓的客厅沙发上亲热。

1999 年 4 月 1 日：那天的事件我记得比“头条”清楚，因为这个愚人节变成一个支点，从那天起，我们的生活走上一条没有人会预料到的路。

那天早上我们照例在厨房喝咖啡，我读《星电报》。“阿尔巴尼亚难民涌入科索沃……前猫女厄莎·姬特七十二岁仍然在酒吧演唱……得州州长布什可能参选总统，在一个月内募得超过六百万美元。”

喝过咖啡，黛博拉去上运动课，然后做每年的健康检查。黛博拉像个军人一样坚持每年检查。她去挂号，从医生那边得到“你比年纪小你一半的女人还健康”的报告。然后边出门边做明年的计划，婚礼、派对和旅行计划都围绕着这次健康检查来安排。

我去达拉斯的办公室，期待和女儿芮根的午餐之约，她目前在我的艺廊工作。在得州大学拿到艺术史学位，并取得纽约市佳士得艺术课程的结业证书，这好像再自然不过了。但她很不喜欢。

就连在高中，芮根在贫困的人身边也比在享有特权的人身边自在。她常做一大堆三明治，我们之后才很难为情地发现，她是自己一个人拿到达拉斯市中心送给住在桥下的流浪汉。

上佳士得课程那段期间，她发现她并不喜欢艺术品生意——被惯坏的客户、只关心自己利益的经销商、做作的商业午餐。但或许这只是因为这里是纽约市的关系，她心想。于是她保持沉默，回到家，在我们达拉斯的艺廊熬了一阵。卡森这时是得州基督教大学大四生，黛博拉很高兴孩子们都回巢了。

但芮根的不满一天比一天强烈。于是那天我们去山口寿司吃午餐，坐在角落的位置，面前摆着生鲔鱼加墨西哥辣椒，严肃讨论如何为她的生活另找一个方向。我们讨论选项，继续深造和牧师都在其中，然后我的手机响了，是黛博拉。

“克雷格摸到我腹部有东西，”她说，声音细而紧张。克雷格·德尔登和我们有私交，他想在他的办公室里先做超声波，然后再送她去医院做X光片检查。“你可以回沃思堡到全圣人医院和我碰面吗？”

“当然好，”我说，“我半小时就到。别担心，好吗？你是我认识的人里最健康的。”

我也不愿和芮根的午餐就此结束，但我们同意隔天再约，我跟她说，我和克雷格谈过以后就立刻打电话给她。我抵达“全圣人”的时候，在放射科等候室找到黛博拉，玛丽·艾伦已经到了，亚伦也在，他在“全圣人”

当医生，也是高级顾问。

我紧紧地拥抱着她，她的肩膀有点紧绷，慢慢放松下来。我看着她的眼睛："你还好吗？"

她点点头，挤出虚弱的微笑。

黛博拉照了 X 光片，也做了电脑断层扫描。片子出来以后，我们坐在检验室，灯光调暗，X 光片灯箱发着光，一个叫约翰·伯克的医生拿起第一张片子放到灯箱上。一开始，那些乱七八糟的影像，灰色白色一片，我一点也看不懂。

"这是黛博拉的肝，"伯克医生解释，在片子上的某个地方画了一个看不见的圆圈。

然后我看到——阴影，她的肝完全被阴影覆盖。

我们瞪着片子，又有几个医生走进房间，他们的白袍和严肃表情在昏暗光线下有点呈蓝色。有几个人试着用鼓舞的语气对我说话。

"这些点是有些麻烦，但现在还不必担心。"其中一个说。

"可能只是胎记，"另外一个说，"我以前也见过这种情况。"但没有人看我们的眼睛。"癌症"两个字像毒气一样飘过我的心头，但我不敢说出口。

"我们安排了明天早上做大肠镜检查。"克雷格说到时候再下判断。

那天晚上我们上床以后，黛博拉给我讲约书亚和迦勒的故事："他们是摩西派去应许之地侦察的十二人的其中两人，为以色列的子民带着消息回来。"

我们面对面躺着，头枕在白色的枕头上。"探子回来以后，他们带来好消息和坏消息，"黛博拉说，她的声音轻柔，"好消息是，那片土地真的流着牛奶与蜂蜜。坏消息是，那片土地上住着巨人。以色列人流下恐惧的眼泪，除了约书亚和迦勒。他们说：'如果主对我们满意，他会给我们土地。不要害怕。'"

黛博拉沉默了几分钟，然后看着我的眼睛。“朗，我怕。”

我把她拉到怀里抱着。我们一起为大肠镜检查祈祷，希望主对我们满意，医生会带来好消息。

第二天早上我们开进全圣人医院停车场，星星像冰块一样挂在黑色天空中。黛博拉诊断还没出来的消息已经在朋友之间传遍，我们既惊讶又感动地发现，大约有二十个人聚集在日间手术等候室外面祈祷着。

医生把黛博拉推走，她苍白的脸做出勇敢的样子，我们祈祷报告的结果是好的。我站在内视镜检查室门外离黛博拉最近的允许范围内——在冰冷的瓷砖地上踱步。我在祈祷与慌张之间摆荡，万古过去，一个纪元过去，沙漏里的沙一次只掉下一粒。

最后，我从方格铁网安全玻璃里看见护士把黛博拉推进恢复室，我赶去陪她。她抬起沉重的眼皮看我，下唇稍微突出，只有在她真正悲痛的时候她才这样。她用嘴形说了癌症两个字，嘴唇试着做出半个微笑来缓冲这个打击。

然后小小的泪珠在她眼角聚集，沿着她苍白的脸颊流下来。我想到她昨晚说的话：应许之地的巨人。

# 29.

玛丽·艾伦小姐告诉我黛比小姐的事。她自己一个人到机构来上贝蒂让她们上的《圣经》课，我看见黛比小姐没跟她一起，就问她人在哪儿。

玛丽·艾伦小姐把手放在我肩膀上。“我有坏消息要告诉你，丹佛。黛比小姐去看医生……情况严重。她得了癌症。”

当玛丽·艾伦小姐说“癌症”的时候，我几乎不敢相信。黛比小姐看起来一点事也没有，每个礼拜来机构两三次，到“空地”帮忙供餐，带领大家上《圣经》课。她看起来十分健康。

我马上意识到的第一点就是上帝会治好黛比小姐。第二点是，我害怕。我这辈子已经失去许多在我心中很重要的人——大妈妈、詹姆斯叔叔和艾莎阿姨。黛比小姐是三十年来第一个无条件爱我的人。我让她靠近，结果看吧，似乎上帝也准备把她带走。

我怕我的生命会永远改变，然后我开始担心，机构里的人听了要如何接受？

我不会粉饰太平，大家受到的打击很大。到机构来当义工的人很多，但大部分人都不像黛比小姐这么忠实。还不只这些，她对待游民的方式，才是让她被接纳成为朋友的原因。她从来不问问题，比如：这次你怎么会流落到这里？你去过哪里？你坐过几次牢？你这辈子为什么做那么多不好的事？她就是爱大家，不附带任何条件。

她也是这样爱我的。《圣经》说，上帝不会因为我们爱自己原本就想爱的人而称赞我们，不会的。我们去爱不可爱之人才会受上帝称赞。上帝给我们的完美的爱是无条件的，这正是机构里的人们从黛比小姐身上感受到的爱。

听说过黛比小姐的事之后，我和吉姆厨师就变得亲近。以前我们从来没什么特别的祈祷团体，但我和吉姆厨师现在每天早上会在厨房碰面，一起为黛比小姐和她的家人祈祷，后来其他人也加入进来。

如果你不是穷人，你或许会以为，只有在那种砖造大教堂才会奉献、关怀和祈祷。我希望你也能看到这些游民聚集而成的小圈圈，低着头闭上眼睛，呢喃着心里的事。他们好像没什么东西能给，但他们给了自己能给的，那就是花时间敲上帝的前门，请上帝治好这个爱他们的女人。

# 30.

黛博拉的医生安排三天后再开一次刀。我们一家人一起到洛矶顶休养、祈祷和思考。或许“休养”不是正确字眼,因为这个牧场变成了我们的战场。

我们可能要花一年时间在这场战役上，我跟黛博拉这么说，然后庆祝胜利，也许还像士兵凯旋那样举办游行，或是像阿波罗 13 号的太空人，他们的太空任务眼看就要失败，但最后仍然安全地返回地球。我们知道，从这里到那里的路上，痛苦、眼泪和恐惧像刺客一样等候着。但痛苦让生命更丰富完整。我也记得丹佛的艾莎阿姨告诉他的话：“良药苦口。”

我有信心，正确的医药就在可及之处，而我的任务就是找出它。从那天起，在我合伙人的支持下，我已在我达拉斯的艺廊挂上“歇业”招牌。几天之内，我们雇用的工作人员就要进沃思堡移走考尔德雕塑，我的职业生涯中获利最丰的一笔交易。但我的合伙人同意接手最后的流程，我请他们不必告诉我细节，现在已经不重要了。我再次成为军人，这次是对抗癌症的战争。

我们的朋友洛依·金和潘·艾文斯来到我们的洛矶顶。金是投资人、马术师，出身达拉斯一个显赫家族，他的牧场就盖在我们家再往上的一块峭壁上，与我们俯瞰同样的布瑞索斯河湾以及背后的绿色山谷。过去八年来，我们几乎每个周末都在牧场共聚。

那个礼拜他们原本没打算过来，但却开了一百英里的车，就为了给黛博拉一些爱，并鼓励她勇敢对抗。另一个朋友觉得洛依·金有点像约翰·韦恩[1]：令人安心的大块头，说话慢条斯理，用词不多，但总是金句。潘是抗癌成功的斗士，她用许多话来慰疗人心，就像在伤口上敷药膏。

在洛矶顶的那几天，我们的乐观和祈求痊愈的祈祷都是真实的。然而黛博拉和我不必开口，也知道她痊愈的可能性已经不高。几年前，我们朋友约翰·特鲁森死于肝癌转移的大肠癌。经过多次折磨人的化疗疗程后，他走了，枯萎成一个影子，备受痛苦折磨。

那些回忆还历历在目。“朗，如果癌细胞从大肠扩散到其他部位，然后那些斑点不是胎记，我不想对抗。”我们在洛矶顶的第二天她告诉我。

“我们现在还不必作决定。”

但事实上决定早就作好了。在我眼前的这个女人，能吓到她的只有响尾蛇和黄蜂。她曾直面一段已死的婚姻和另一个女人，奋力留住她的男人。她驯服了丹佛·摩尔——来自得州最险恶的贫民窟之穷凶极恶的垃圾狗。

她会对抗，只是她还不知道。

然而，我所知道充满勇气的她，还是显露出一丝恐惧。在那一刻，我是如此爱她，爱到入骨。我感觉到体内有一股没有人看得见的热情，只有我自己才晓得那力量多强多可怕。我记得在我们将近三十年的婚姻里，我

[1] 约翰·韦恩（John Wayne，1907—1979），美国电影演员，曾获奥斯卡最佳男主角奖。他演绎的角色极具男子气概，个人风格鲜明，他的说话语调、走路方式都与众不同。

对她的爱曾经少于这一刻，内疚像钉子一样穿透我的心。她一直都无条件地给予，但我常常不愿意如此回报。我对她不够好，我心想。三十年的后悔几乎让我灭了顶。

我决定要用她从未体验过的强度去爱她。

手术那天，我们开车到全圣人医院，不知道未来如何，但满怀信心。由保罗·森特领军的外科医疗小组计划移除她大部分的大肠，以及发现癌细胞并可以安全移除的部分。手术进行的五小时内，有大约五十个朋友聚集在等候室。

我的妻子被护士推走的五小时之后，森特医生出来了，脸上没有笑容且带着战斗后的疲惫，他要求借一步和我及孩子们说话。

“我坦白跟你们说，”我们进了一间小办公室之后他说，“情况不妙。”

癌细胞已经蔓延出大肠，侵犯她整个腹腔，像一块布幕裹住她的肝脏。

“她还需要更多手术。”他说。

我没问诊断，没问存活时间，只有上帝才知道我们还剩多少日子。然而上帝好像在忙别的事，没能在大肠镜检之后带来正面消息。在洛矶顶上的祈祷，没有击退医生在我妻子体内发现的致命入侵者。我深受打击，恐惧让我快看不见前方，我紧抓住这几句话：

“如今你们求，就必得着……”

“不住地祈祷……”

“无论向父求什么，他必赐给你们……”

我沮丧极了，又喊出另一段文字：“上主赏赐的，上主又收回。”

手术之后，我震惊了，呆坐在黛博拉的病床旁。管子从她的脸和手臂穿出来，探测她的睡眠，延伸到一些盒子里，上面闪着我无法了解且令人发狂的医学代码。我感觉自己身体被碾碎，仿佛我刚在某种意外中受伤。我麻痹不语，等着她醒来。我的眼神没有移开过她的眼睛，不知道她是什么感觉。不知道她或我能不能活下去。

黛博拉得癌症，就跟她开车持枪扫射一样没道理。她是我认识的人中最注重健康的，她不吃垃圾食物也不抽烟，她维持体态而且吃维生素，她的家族中从来没有人罹患癌症。基本上是零风险。

丹佛三个礼拜前说的话萦绕在我心头：当你对上帝而言很珍贵，在此同时也变得对撒旦很重要。朗先生，你要小心。不好的事就要发生在黛比小姐身上。

午夜之前她动了一下。我站起来靠近她的病床，把脸紧贴着她的脸。她张开眼睛，麻醉药让她昏昏欲睡。“肝也有吗？”

“是的。”我说完低头看着她，再努力也无法赶走我脸上的悲伤，“但是还有希望。”

她又闭上眼。我害怕了好几个小时的时刻很快过去，没有掉一滴泪。我并不惊讶自己哭不出来——因为我从来没有学会要怎么哭。但生命给我一个理由去学习，我渴望泪流成河，像洪水一样，或许我破碎的心可以教我的眼该怎么做。

# 31.

过了四天，黛博拉的病房看起来像花店。堆积如山的玫瑰花、雏菊和矢车菊从病房延伸到走廊，医院行政人员命令我们撤走。黛博拉坚持要我们拿到机构去，之前我们已经有一些经验，她曾经拿花束到餐厅要装饰餐桌，但席斯勒和吉姆厨师否决了这个想法，担心其中某些部分，例如让花竖直的铁丝，会被用来当武器。

我们很难想象，那时的我们天真到没想过花也会是武器。总之，卡森和我心想这次机构的管理人员可能会破例，于是便载了两卡车的花到东兰卡斯特街。走进大门时，我们惊讶地发现一幅不寻常的景象：六七个男人握着手围成一个圈圈。

我一眼就看见长得像泰利·沙拉瓦的光头提诺。“我们在为黛比小姐祈祷，我们爱她，想要她回来。”

卡森和我感动到不知所措，加入圆圈一起祈祷，从表面上看，这些人似乎无法给予任何东西，却不断给予，而且没让我们知道，这是最珍贵的礼物——同情心。

之后，我们把花散置在各处——礼拜堂、餐厅、女宿舍，鲜丽的色彩，让煤渣砖和白瓷砖一下明亮起来。让我想到我们来这里的第一天，黛博拉梦想着雏菊栅栏。

从癌症诊断出来后，我们就没见过丹佛，我担心他可能觉得自己被捉与放了。我们在通往厨房的走廊上碰到吉姆厨师。我问他有没有看见丹佛。

"他可能在睡觉。"他说。

"睡觉！"我冲口说出。懒，我心想。那时已经是下午了。

吉姆挑起一只眉毛。"你不知道？"

"知道什么？"

"自从丹佛知道黛比小姐的事，他跟我说，她有很多朋友会在白天帮她祈祷。但他想说，她会需要有人帮她彻夜祈祷，那就由他来做。"

他越说我的眼睛瞪得越大。"所以他午夜时坐在垃圾卡车旁边为黛比小姐和你的家人祈祷。我三点起来准备早餐，他进来喝杯咖啡，我们在厨房里一起为她祈祷到四点。然后他再到外面祈祷到日出。"

我羞愧万分，再次察觉到自己的偏见有多深，以及我傲慢地对穷人所下的仓促判断。

# 32.

我是可以在床上祈祷，但我觉得我是在做守护的工作，而我也不想在花园里睡着。我也可以在教堂里祈祷，但又不想有人进来打断我的专注。我知道不会有人去垃圾卡车旁边，于是我就去那里，每晚替黛比小姐守护，所谓的“守夜”。

我背靠着老房子的砖墙坐在地上，就在垃圾卡车那边，抬头看黑暗天空跟上帝谈到她。我一直请求上帝治好她，我也问它为什么，为什么要折磨这个女人？她是你最忠实的仆人。她照上帝的话去做，拜访生病的人，喂饱饥饿的人，邀请陌生人到家里。为什么给她的家人这种心痛，中断她给游民的爱？

我觉得没道理。常常，我在那里的时候，会看见流星发光划过黑暗的天空，亮一分钟然后就消失。每次我看见一颗流星，眼看着它就要落在地上，却永远不懂也看不到它要往哪里去。看了很多次之后，我感觉这是上帝给我一个关于黛比小姐的回答。

《圣经》说，上帝把每颗星星放到天堂，甚至为每一颗命名。如果有哪一颗要从天空中掉下来，那也是上帝的意思。或许我们看不见星星最后往哪里去，但上帝看得见。

这时候我才晓得，虽然我觉得没道理，但上帝把黛比小姐放在我的生命里，像一颗闪亮的星星。我发现，有时候我们就是要接受我们不懂的事，所以我就试着接受黛比小姐生病的事，继续在垃圾卡车旁替她祈祷。我感觉这是我一辈子最重要的工作，我不会半途而废。

# 33.

黛博拉住院一个礼拜。七天过后，我们租的房子卖了，但楚尼提河旁边的新家还要好几个月后才准备好。一个月以前，黛博拉会为这种事大发脾气，但现在的她早已超越担心这种俗事的阶段。如果她不能击败癌症，那么在地球上她也就不需要房子了。

但目前我们还是需要一个，因此达文波特接我们去他们的家。接下来的两个月，我们九个人住在一起——四个大人和达文波特的四个小孩，还有黛博拉的妹妹黛芙妮。这段期间，黛芙妮几乎形影不离地陪伴着黛博拉。玛丽·艾伦和亚伦跟我们是十九年的好友，住在一起之后更加亲近——近到连内衣裤也可以一起洗。

同时，他们家开始变得像是“送餐服务”的世界总部。教会朋友每天都送来自己做的菜，有时候多达十七人份，因为时不时卡森、芮根以及孩子们各自的男女朋友也会在。还有很多想送餐的人没得送，名单排得太长了。

从德尔登医生在黛博拉的腹腔发现肿瘤到现在，还不到一个月，但疼痛已经是令人畏惧的敌人。痛像野火，烧遍她的腹部，逼得她晚上起床踱步、坐直身子、泡热水澡……任何能帮助她转移注意力的事。对我们而言似乎很不真实：怎么可能在这么短的时间内，疼痛从不存在到现在变成熊熊燃烧的烈火？

我们问亚伦，他治疗过癌症病人。他把癌症比喻成大黄蜂："你可以站在蜂巢旁边，甚至全身都是大黄蜂，也不会被叮；但一旦你拿根棍子去搅动蜂巢，大黄蜂就会发起狂来杀掉你。"

手术似乎把黛博拉腹腔里的肿瘤搅动得暴怒。同时，她的访客很多，她不愿意在麻醉药影响下说话、含糊地见大家。因此，我们对抗疼痛这个敌人时，睡眠变成了遥不可及的梦。

第一次手术过后的四个礼拜，我们开车到贝勒大学医学中心，会见罗伯•戈斯丁医生，世界知名的肝脏专家。做完核磁共振，我们和医生在他的办公室见面，里头很奇怪地不见学位文凭等证书，反而到处是灰发马尾的医生和他美丽妻子骑哈雷机车的照片。

他面对着我们，坐在办公桌后面。戈斯丁医生语不带赘言。"很抱歉，核磁共振检查的结果不好。"

黛博拉和我坐在一对椅子上。"什么意思？"她问。

他直说："大部分的人在这种情况下活不过一年。"

就在黛博拉的脑子听清楚医生最后几个词的那一毫秒，她昏倒了。她真的从椅子上跌到地上。戈斯丁医生冲到走廊，像意外现场的旁观者那样挥手求救。我跪在地上把她软绵绵的身体抱起来，让她的头枕在我膝上。一个护士走进来，医生跟在后头，用湿冷毛巾盖住黛博拉的脸和手臂。

过了一会，她醒来，苍白发抖，我扶她坐回椅子上。然后我一手环绕她的肩膀，另一手握住她的手。我看了戈斯丁医生一下，知道他是大肠癌最新资讯的权威。一定还有办法。

“你的建议是什么？”我问他。

“没有。”他说。

然后他看看黛博拉。“癌细胞扩散得很严重。如果你是我妻子，我会让你回家，要你尽可能享受跟家人共度的时光，然后期望几个月之内会出现解药。”

黛博拉深深看着戈斯丁医生的眼睛。“你相信上帝吗？”

“我相信医学。”他说。

于是他列出选项，然后像飞靶射击一样否决：化疗没有用；肝脏切除左右叶，上面都有太多肿瘤；烧灼术，把肝脏上面的癌细胞烧掉，肿瘤太大。

他的字句像铁锤，击碎我们的希望。我感觉我的心脏沉重地跳，然后破碎。我和黛博拉紧紧握着手，站着。

“谢谢你的意见，戈斯丁医生。”我说话的嘴唇感觉像蜡。我们走出他的办公室到外面车上，坐进去，茫然失措而无言，最后，黛博拉打破沉默说了一句话。

“让我们赞美上帝。”她说。

“为了什么？”我心想，但没说出口。

“我们先忘掉他说的只能再活一年，我们就只信任上帝。”她告诉我，“戈斯丁医生只是个医生，但上帝知道我们的寿命。我决心每一天都尽心尽力。”

虽然与戈斯丁医生的会面粉碎了我们的希望，但黛博拉和我不会不反抗就放弃。搬去与达文波特夫妇同住没多久，她就开始折腾人的化疗疗程，地点是沃思堡一处看来惨然的肿瘤诊所。灰色的化疗室灯光昏暗，亚麻油布地板上放了二十张蓝色躺椅，一排十张，通常坐满抗癌斗士，个个苍白枯瘦。

黛博拉像军人那样躺着，一次三到四小时不等，让毒药慢慢滴进她的血管。她说化学物质感觉起来像重金属流进她的身体，她可以尝到铁和铜的味道。没有屏障或分隔板让人把受苦局限在私人空间里。于是，我坐在她旁边，轻声和她说话，摸她的头发，我们身边的人呕吐在预先准备好的盆子里。有时候玛丽·艾伦或别的朋友会来陪她，读书给她听。

通常我们离开诊所还没多久，黛博拉就感到一股恶心或想要腹泻。我把车停在一旁，帮助她度过。对一个连早上起床时头发也不蓬乱的女人而言，除了疼痛，无法控制自己的身体也是个难以接受的耻辱。

药物很快击倒她，让她的体重掉到一百磅。然而她决心消灭敌人，坚持尝试不同的化学疗法，有时甚至在同一个礼拜，希望用等同于汽油弹的药物来把敌人烧死。在家里，只要她起得了床，她就穿上她的跑鞋，和我一起出去走路。我和孩子没办法劝她停下来，即便她已经“用完了强壮”。

# 34.

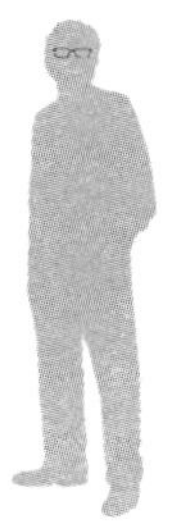

最先提议让丹佛考驾照的是黛博拉，时间是 1998 年秋天。她觉得自己得癌症及我们为此消耗掉的时间，阻碍了丹佛成为我们生活一部分的进程，因此感到过意不去。如果他有驾照，就可以自由参与我们要做的事，而不必等着我们去贫民区把他抓来。

当我们向丹佛提起这件事，他的回答一如往常。“让我想一想。”他说。

几个礼拜过后，我们在机构喝咖啡时谈起这件事。“学开车这个主意我也喜欢，朗先生，”他说，“但我得告诉你，我不干净。”

“干净？”

“我有前科。”

丹佛似乎是去了公共安全部稍微探查了一下。职员把他的名字输入电脑之后，跳出一串问题：因妨害治安而在路易斯安那州被起诉，经营汽车旅馆时有几张罚单未缴，然后破坏交易的是这个——当年他搭火车到处游荡，在巴顿鲁治因持有大麻而拿过传票。前科里有大麻起诉案的话，就不可能拿驾照。

丹佛想洗刷自己的名字，我们一致认为他必须去一趟巴顿鲁治，亲自去面对《拿破仑法典》。这是美国史的一个奇怪事实。这个河口之州，还保留了一些从那位小科西嘉人拥有该地时就遗留下来的法律[1]。

1998 年 12 月，我们选了一个最不好的夜晚起程。一阵冻雨使得全得州的公路关闭，但丹佛很想早日摆脱过去，于是我载他去灰狗车站。他盘算着车上会有几个醉鬼,但不会比机构里多,通常天气不好的时候,机构里总是人满为患。

丹佛打赌说，只要有几百块钱交给对的路易斯安那州执法人员，就可以解决他的法律问题。“那边就是这样。”他说。于是我给他两百块钱缴罚金。

他坐上灰狗巴士经过很长一段“滑溜”的旅程——“那条狗滑溜得跟什么一样！”后来丹佛这么告诉我——他溜到了巴顿鲁治。那天天气跟前一晚一样，冰冷的风让人脚趾痛和流鼻涕。丹佛推开警察局大门，跺掉脚上的寒气，试着解释说他想为十年前的大麻起诉案自首。

警察只是笑他。

他找了个公共电话打给我，说他运气不佳。“他们觉得我疯了，朗先生。”他咯咯笑一声说，“以为我想被抓起来，然后就有温暖的地方睡觉。我找不到愿意在桌面下或桌面上收我钱的人！”

假使我没办法让丹佛被罚钱或被捕，我想我只好用上“好白人系统”[2]。我打给一个认识的人，他是住在路易斯安那州的年轻有特权人士，从小跟州长的儿子一起玩模型车长大，他小学一年级的时黛博拉教过他。他应该

[1] 路易斯安那州法律在民事方面受《拿破仑法典》的影响，与周围的其他各州采用的判例法不同。

[2] 美、加俚语，有多个意思，一指住在乡下的北欧或西欧裔白人，在政治方面指从政之路得到亲友偏袒的特权人士。

会认识什么人可以逮捕丹佛或是放他自由，而他确实有。就这样，丹佛的前科没了。如同丹佛去巴顿鲁治之前告诉过我的：那边不一样。

于是，丹佛开始了他的考驾照之路。也就是说，他必须通过笔试，对于识字的人而言不是大问题。他没办法自己研读公共安全部的手册，所以他选择请“家教”。机构里的几个人教了他好几个礼拜，直到他终于弄清楚所有问题和大部分的答案。他说他准备好之后，我就带他去公共安全部。

口试过后，丹佛笑着从公共安全部办公室走出来，高举一只手准备击掌。接下来是路考。他开过牵引机，甚至几辆车子，但没有在路边停过车。我开着我全新银绿色 Infiniti Q45，到拉克沃斯高中足球体育场旁边的大停车场，让他坐上驾驶座。接下来几小时，丹佛在一座电话亭和商摊之间练习路边停车，直到拉克沃斯军乐队把我们赶走。

最后在 1999 年 9 月，距离他到路易斯安那州试着让人逮捕已经过了十个月，丹佛拿到他的驾照（给丹佛路考监考的女士说她真的很喜欢他的 Q45，问他一个月车贷是多少）。他一再向我道谢，一直到我跟他说“够了”才住口。他从来不把任何事当做理所当然，他表示，驾照是最近上帝给他的众多恩赐之一，黛博拉和我也在其中。

从实际角度看，丹佛拿到驾照是一个认证：不只能开车，还有其他许多让一个人觉得更像人的事情，能证明自己身份的事情。拿到驾照没多久，他还证明了别的事。

芮根终于找到她喜爱的工作，就是在基督教青年营“青年生活”当厨师。跟艺廊工作比起来，薪水减半、时间加倍，但这是教会工作，而且在靠科罗拉多州风景壮观的洛矶顶山脉，有许多二十五岁的青年参加青年营。

黛博拉坚决认为芮根不应该留在家等着病程进展。我们鼓励她接下那份工作，于是她打包行李，往西出发到科罗拉多州冬季公园的弯曲小河牧场。

然而二十五岁，在纽约和达拉斯都有公寓的芮根，拥有的不只是行李。

某天我开玩笑问丹佛："现在你有驾照了，想不想帮芮根把她的东西拉到科罗拉多州啊？"

当我提到路途会经过首府丹佛，他咧嘴笑得比八车道州际公路还宽。"我一直很想看看跟我同名的城市。"他说。

我自己大嘴巴，话说出去不能再收回，于是接下来的三天，我们拟订一个计划。我拿出公路地图，用彩色笔画出到冬季公园的路。但丹佛看不懂地图上的词，所以我再拿一张白纸，把公路标志画出来，给他看去科罗拉多州的路程是长什么样子的。丹佛深信他可以照地图走，他也说服了我。

于是在一个晴朗的十月天，我们把芮根所有家当——电视、音响、衣服和家具——装载到我近乎全新的 F-350 三门卡车上，约定好隔天晚上六点，他会在冬季公园的西夫委超市和芮根碰面。经过最后一小时的恶补，我送他上路，他身上带着七百块现金，一张画有各个关卡的简单手绘地图，碰到状况时打的紧急电话号码，还有一辆价值三万元还没登记车主的卡车。

他驶离车道时，我在卡车旁边跟着跑，一边重复喊："287！ 287！"如果他转向 287 号公路，就是往科罗拉多州方向。要是他错过了，就会开到俄克拉荷马州内地，我告诉他，那边的人用的语言跟我们不同。

我试着告诉自己，我知道自己在做什么，但事实是——丹佛正展开一趟来回两千英里的旅程，他必须穿越州际公路、乡村小路，以及科罗拉多州最高的山路，用一张他一个礼拜前才在信箱里收到的驾照。他到底在想什么？或者应该说，我在想什么？

当他带着钱、我的卡车和芮根所有家当开走，丹佛用他平常携带的毛巾擦擦额头，脸上似笑非笑的表情我无法解读。我右边肩膀的天使小声说："朗先生，谢谢你信任我。"我左边肩膀的恶魔讪笑："不对，那意思是再见了，蠢货！"

# 35.

我不是贼也不是骗子，但朗先生不知道。我不懂他为什么会信任我，让我把他女儿的东西送到大老远的科罗拉多州。我不聪明，但我弄清楚状况还行，所以我不担心自己到不了。但我想破头还是不懂，为什么一个有钱的白人要给我他的四轮驱动、七百块现金还有他女儿的所有财物，然后期望一个不识字不会写字的穷游民，开车走将近一千英里的路到一个他从来没去过的地方送货——然后再把卡车开回来！

就是没道理。我知道他是聪明人，也许他知道自己在干什么。但聪明不代表他可以再见到他的卡车——那需要信心！

我想我这辈子身上从来没超过二十元或三十元，除了那次朗先生塞给我的两百元。结果，这次他给我七百元现金和三万元的卡车，上面载满电视、家具和音响。我怎么样也不能让他失望。

他画了一张地图给我，认为我应该看得懂，努力解释给我听那个标志长什么样，然后要怎么去。我们装完货之后，他指给我看科罗拉多州的方向。

然后我开出去时，他跑在卡车旁边，大声喊："287！ 287！"

我说老实话，他这样又讲又指又大喊，使我非常紧张，没办法把他跟我说的全记下来。但我的确记得他说过如果我错过 287 公路，就会跑到俄克拉荷马州。我怎么知道呢？就是我过了一条大河上的一座大桥之后，会有标志写"俄克拉荷马"，然后那条河会写"红"（Red）。

结果就是这样。我知道我遇到问题了，所以我停在一个加油站，跟人说我要找去科罗拉多州的 287 号公路。他跟我讲的是另一种走法，我有一点担心，因为他看起来不太聪明。我又出发，开得很慢，因为我怕朗先生女儿的东西会从后面掉出来。我想他宁愿我带着全部货物迟到，也不要我开着一部空卡车准时赶到。

他给我那七百块，有部分是给我住汽车旅馆的，但我睡在卡车上，因为从来没有人交给我那么多东西，我绝不可能冒被人偷走的风险。

一切很顺利。加油站的人一路指引我走在正确的路上。到了科罗拉多州，我开始看见远处的山，那山真是美。但我想朗先生女儿的营地，一定是在那些山背后的某处，因为绝对不会有人要开卡车上那些山。我越开，山变得越高。我可以看见山顶有雪，但看不见山的边缘，开始有点担心要怎么绕过去。接下来我才知道，我就在山的旁边，而且路直直往上！

我停在另一个加油站，问一个女士要怎么去冬季公园。她看看我，指指山上。然后我问她弯曲小河牧场在哪，她指向山顶。

"那条路很窄，"她说，"你开上去以后就不能回头。"

这促使我给自己开了一个会，结论是：我是个强壮的人，没什么好怕的。于是我回到卡车上，往上开，开得非常慢。

路上的景色很漂亮，山背后宽阔的天空像湖一样蓝，树都是红色、橘色和黄色，好像着火一样。到半山腰的时候，我决定看一下风景。于是我停在路边，站在边缘往下看，不知能看多远。

这下子可就大错特错。

我看不见底。从路的边缘往下看，是我这辈子看过最大的无底洞。我马上回到卡车上，捏紧方向盘，紧得快要被我折断了，虽然外面冷得要命，我还是不断冒汗。接下来的路程，我的时速都没有超过五英里。等我到冬季公园的时候，后面大概有一百辆车跟着，就像一列货运火车。

# 36.

丹佛没有在预定时间和芮根碰面，我的信心一下跌到谷底。我第一个想到的是打电话给公路巡逻警察通报意外。但是我一想到我告诉无线电调度员我做的好事，他们一定会笑破肚皮，于是我改变主意。况且丹佛要横越三个州，我根本不知道要叫警方去哪里找他。

我烦恼的是丹佛有我全部的电话号码，但我却两天没有他的消息。我记得当我把七百块交给他的时候，他眼睛瞪得有多大，对他来说肯定是一笔财富。我回想席斯勒曾给我上的一课，关于一块钱在一个流浪汉手里的命运，或许这个诱惑太大了。

也许他拿了钱、卡车以及芮根的东西后，已经在墨西哥或加拿大定居。他常说他很想看看加拿大。

我不愿告诉黛博拉丹佛失踪了，但我知道她听得出来每次芮根和我通电话时，我们的语气从担心到焦急到慌张之间爬了好几个八度。于是我走进卧房告诉她。

她给我最典型的黛博拉式回答："嗯，你何不停止担心，我们开始为丹佛的安全祈祷吧！"

没过几分钟，电话就响起，是芮根打来的："他到了！"

# 37.

第二天很晚的时候门铃响起，丹佛站在门口，脸上挂着我这辈子见过的最大的微笑。车道上是那辆卡车，洗过也打过蜡。

我们在厨房餐桌旁坐下，他告诉我旅途上的故事。最后他说：“朗先生，你是我认识的最有信心的人。路上有点问题，但我就是不能让你失望。”然后他拿给我卷成一沓的钞票——大约四百元。

“怎么还剩这么多？”我问。

“因为我一路上都睡卡车，吃麦当劳和 7-11。”

我原本没想到扣掉花费之后还会剩钱，于是我说：“这件工作你做得这么好，钱留着吧。”

“不，先生，”他轻声说，“我不是被雇用的。我做这件事是为了祝福你和你的家人。钱不能买祝福。”

我满怀谦卑，站起来看着他，我这辈子可能没收过比这更具恩惠的礼物。但我不能让他空手离开，于是我要他收下，拿去改善别人的生活。

这趟旅程最终改变了我们俩的生命——对他而言，他证明自己值得信任；对我，则是学会信任。两个礼拜之后，我派丹佛开 Ryder 卡车到巴顿鲁治，车上装着价值超过一百万美元的绘画和雕塑。据我在那里的客户说，丹佛守卫着车上货物，仿佛里头放的是诺克斯堡的黄金 。[1]

[1] 美国的国家黄金储藏地，位于肯塔基州的诺克斯堡附近。

# 38.

从五月到十一月，从郊区到化疗中心的路仿佛快被我们轧出轮胎痕。幸好，到感恩节前后那段期间，黛博拉可以休息两个礼拜，不必做任何化学治疗。

我们总是在洛矶顶庆祝感恩节。当天早上，我在天还没亮之前出去猎鹿。看见一只不错的公鹿，但没心情杀它。黛博拉则准备二十五人份的大餐给亲朋好友，其中也包括丹佛，这时他已经属于亲朋的范畴。化疗成功缩小了肿瘤，黛博拉在这段休息期间增加了几磅，脸色又恢复一点红润。客人要是不晓得她的状况，不会知道她生病。

十二月，化疗已经把肿瘤缩小到让黛博拉可以接受肝脏手术。十二月二十一日，十四颗肿瘤被烧掉——用烧灼术移除，然后又经过了四小时手术，奇迹发生。

“零癌细胞！”她的外科医生兴奋地说。过程中他们检查她整个体腔，完全找不到癌细胞的痕迹。

黛博拉又哭又笑，我打电话通报这个好消息，差点把手机讲到要着火。我们把这当做上帝给我们的圣诞礼物。

# 39.

我们的喜悦很短暂。敌人看似被击败，但只是潜伏等待，癌细胞开始左右夹攻。一月底，它们回来复仇。三月，黛博拉的医生衡量再做一次肝脏手术的风险，三个月前才做过烧灼术，风险太大。更多化疗没有击退肿瘤，反而似乎把它们越养越大。它们像邪恶军团一样崛起，反击只不过像对着一排前进中的坦克丢石头。

这时，丹佛已经展开翅膀，开着他称为“天赐”的车到处兜风，他说因为车是从天上掉下来的（其实是亚伦·达文波特给他的）。他常来拜访，每次我见到他，都像是去银行领债券利息——我搜集他智慧的股息，变得越来越富有。我们很少空无目的地闲谈，他总是直接切入重点——犹如给我上课。

有一天他过来，一如往常开门见山地说话。他直视我的眼睛，说：“朗先生，上帝造完这个世上的种种之后，它说什么？”

我知道丹佛不问脑筋急转弯的问题，我给他正确答案：“上帝说‘一切所造的都甚好'。"

丹佛开心笑了。"没错。"

春天到了，也是我们照惯例到洛矶顶的时刻。黛博拉虽然生病，但决心好好享受这个季节，她满心期待看着我们第一批矢车菊冒新芽，然后长角牛生小牛。她把其中两只命名为"雀斑"和"泡泡"，我没有翻白眼。我们观看老鹰捕食产卵的红目鲈，有时看见两只老鹰在半空中激烈争夺猎物，让人叹为观止。夜里，星星像宝石冻结在空中，月光在布瑞索斯河上波纹荡漾，鱼在冷冽光线里依照曲线前进。几英里之内只有星毛栎被风拨动的声音，还有远处火车低沉而寂寞的汽笛声。

丹佛跟我们一块去牧场。我也邀请他一起去牛仔春聚，这个年度盛会大约有两百个人参加。我们的朋友罗伯与荷莉·费瑞尔的河景牧场，就在洛矶顶的河对岸。二十年来，我们聚集在那里扎圆锥式帐篷，骑马套绳，享受用食物马车煮饭的乐趣，在营火旁朗读牛仔诗篇。

"我听说牛仔不喜欢黑人，"我邀请丹佛的时候他说，"你确定要我去？"

"我当然要你去。"我说，但我实际上还得用套绳把他拖去。

第一天晚上，他不情愿地扎好他的圆锥式帐篷，但早上我发现他睡在车子后座上。不是因为他不想睡在户外——要知道他已经在沃思堡市中心睡了几十年——因为那里没有太多响尾蛇。

没多久，他便挖掘出自己的牛仔潜质，在我们身边开始自在起来。他没有骑马，但确实想拍一张马背上的照片，回去秀给贫民区的朋友看。要是我们有起重机就好了，我们一定会用来把他那230磅重的屁股举到马鞍上。

营火和友爱在丹佛身上产生神奇作用，让他了解到让一群骑马拿着绳索的白人接受并喜爱是什么感觉。这些人恰好跟他害怕了半辈子的"主子"是同一种人。

回到沃思堡，黛博拉继续消瘦，娇小骨架上的皮肤越渐松弛。但她仍然奋斗。

“你知道我今天要做什么吗？”三月一个早晨她开心问我，“我要去逛街。”

她觉得身体恢复很多，她说。我怀疑她只是很想感觉正常，但我没说出口。她已经一年没开车。我站在窗前，看她开着她的 Land Cruiser 离开，从她出门后我就开始担心——其实我很想跟着去，但按捺不动。一小时后我听见车库传来她到家的声音，赶紧出去帮她卸货。

但是没有任何战利品。她的眼睛红肿，眼泪不断流下来，她看着我，喉咙挣扎着要说话。

“我是‘晚期’吗？”她终于问，仿佛那个字眼是恶心的科学标本，她要拿得远远的。

“terminal”这个词，用在死亡的上下文里是个残酷字眼，我们从来不曾说出口。但根据《韦伯斯特字典》，“terminal”也是人们要去某地之前会经过的地方。黛博拉知道她的“某地”是天堂，她只是希望火车会误点。

我擦去她脸颊上的眼泪，试着回避问题。“我们大家都是晚期，”我温柔地笑着说，“没有人可以活着离开这里。”

“不，老实告诉我。我是晚期吗？大家都这么说的吗？”

她说，在商场的时候，她碰见一个大学老友，对方听说她得癌症。她很关心，没有要惹黛博拉不开心，那个朋友说：“我只是听说你是晚期。”

黛博拉不愿显露出震惊的样子，她回答：“没人跟我说过。”

然后她奋力保持冷静，在不失尊严的情况下告别，回到安全的车上才崩溃，她告诉我说她一路大声哭着回家。那是她最后一次自己一个人出门。

四月，黛博拉动第二次肝脏手术，医生警告说，她的身体至少要等九个月到一年，才能承受这样的入侵。可是接下来的礼拜天，她就坚持要去教堂，我们在那里碰见丹佛。然而在礼拜仪式开始之前，她觉得不舒服，要我载她去我们友人史考特和洁妮娜·沃克的家。洁妮娜也才刚动过手术在家休养，或许她们可以互相打气。

礼拜仪式结束，丹佛到沃克家来探望。他留下来吃过午餐后告辞，“我要去看一下巴兰丁先生。”他说。史考特好奇，问他可不可以一道去。

我是巴兰丁先生还住在机构的时候认识他的。丹佛告诉我和黛博拉，在我们开始去机构服务前，有一天，他看见一辆车高速开到东兰卡斯特街的人行道前。司机把一个老人推下前座，抛出一个老旧的旅行家牌行李箱，然后呼啸开走。老人被遗弃在人行道上，走路摇摇晃晃，像个喝醉的水手上岸放假，出口是一连串含糊的诅咒。然而对丹佛而言，他看起来也有点……害怕。那时，丹佛还是座“孤岛”，板着脸独来独往，不管别人的闲事。然而不知是什么，那老人拨动了他的心弦。现在回想起来，或许是因为那老人看起来十分无助。

丹佛走到老人面前，要扶他走进机构里。老人只是咒骂他，叫他黑鬼。

丹佛还是帮了，过程中知道他叫巴兰丁，是个老酒鬼，家人视他为耻辱。然而他痛恨黑人，更恨信上帝的人，觉得他们是一群爱哭无聊的伪君子。所以，不管有没有免费食物，他宁愿饿肚子也不要去教堂。其他人或许就随他去，但在大约两年时间里，丹佛排队点两份食物，一份拿去楼上给巴兰丁先生。坏脾气、难相处又毫无同情心的巴兰丁先生，继续称呼他的恩人为“黑鬼”。

隔年，一个无赖在机构外面攻击巴兰丁先生，要他交出社福支票。老人不愿屈服，被严重殴打成残废。席斯勒的机构无法照顾伤残者，没有办法之下，只好在政府补助的看护中心帮巴兰丁先生找了一个房间。在那里，领最低工资的护理员负责照顾他的基本生活，但事实是，八十五岁的巴兰丁先生行动困难、无助，而且完全被孤立，只有丹佛会去看他。老人搬去以后，丹佛定期走两英里路穿过贫民区，给巴兰丁先生带一些看护中心以外的食物或香烟。

有一天，丹佛要我开车载他去那里。从某方面而言，我宁愿他没开口，因为当时去那一趟，剥去了我虚饰的慈善家外表，显露出一个容易受惊、善心有限的人。

我们走进巴兰丁先生在看护中心的房间，我先闻到老朽、死皮和体液的味道。那老人躺在床上的一摊尿里，身上只穿一件荧光橘色的滑雪外套。他瘦如鸡骨头的双腿摊开在床单上，那床单曾经是白色，现在是肮脏的灰色，上面有咖啡色和黄赭色的污点。他身边散落着垃圾和几盘吃到一半的食物——炒蛋已经硬掉、干瘪的肉、已经石化的三明治……另外几个盘子上，有学校午餐大小的牛奶盒，翻倒出来的牛奶凝结成发臭的酸奶。

丹佛一眼打量过房间，然后看到我，我已快站不住脚要呕吐出来。“朗先生只是来打声招呼，”他告诉巴兰丁先生，“他马上就走。”

我逃了出去，留下丹佛一个人清理巴兰丁先生和他肮脏的房间。我没主动帮忙，甚至没留下来客气一下。我感到内疚，但没有内疚到要改变。我跳上车流着泪开走，为巴兰丁先生流泪。没有家又上了年纪，如果没有丹佛，他就继续腻在自己的排泄物里；我也为自己流泪，因为我没勇气留下来。对于像我这样的人，送餐或写几张支票都很简单，然后让自己的名字照片上报，参加什么浮夸的慈善晚会。然而丹佛默默服侍，他爱得不浮夸。我们的处境对调了，现在是我怕他对我捉与放。因为我欠缺同情心，或许我才是根本不是值得留着的猎物。

那天，我对丹佛又加深了一点点深刻的敬意，我对他的认识像拼图一样，逐渐完成一幅画。他不是炫耀，只是跟我分享他的一块秘密生活。如果他的秘密包括和醉醺醺的流浪汉在巷子里掷骰子，我也不会反感。然而我吃惊的是，他的秘密不只包括整夜为我的妻子祈祷，还有照顾这个从来没跟他道过谢，还继续叫他“黑鬼”的老人。

我第一次体悟到，当丹佛说他会当我一辈子的朋友，他是认真的——同甘共苦。惨的是，巴兰丁先生从来不想要朋友，特别是黑人。然而一旦丹佛立下承诺，他就不会改变。这让我想到一句话：“人为朋友舍命，人的爱心没有比这个更大的。”

# 40.

那天午餐后，史考特先生问我他能不能一起去看巴兰丁先生，我说好。但我怀疑他会不会像朗先生第一次看到他那样。我想或许不会，因为我已经开始常去看护中心帮忙清洁巴兰丁先生的房间，让它不再那么脏。

我和史考特先生到那边以后，他对巴兰丁先生很好。他跟老人说自己叫什么名字，然后跟他聊些有的没的，像是天气。然后他说："巴兰丁先生，我想用几样必需品来祝福你。我可以带什么给你……你需要任何东西吗？"

巴兰丁先生给他一贯的回答："好！帮我带一点香烟和亚培安素。"

于是我和史考特先生便去药房买祝福品，在选购的时候，他只想买安素，不想买香烟。

"我就是觉得不太好，丹佛，"他说，"好像在协助自杀一样。"

这时我盯着他看。"你问他说你要祝福他，他告诉你他要两样东西——香烟和安素。现在你试着审判他，而不是祝福他，因为你只祝福了一半。你见过他，那么告诉我一个事实：你觉得他抽烟的话会比现在坏多少？抽烟是他仅剩的乐趣。"

史考特先生说我说得有理，于是他买了安素和一条巴兰丁先生最喜欢的香烟，然后他回家，让我把祝福送过去。接下来发生的事你一定不敢相信。

我回到巴兰丁先生的房间，他问我香烟是谁付的钱，我告诉他是史考特先生。

“我要怎么还他钱？”他问我。

我说：“不必还。”

“那个人又不认识我，干吗买香烟给我？”

“因为他信上帝。”

“我还是不懂。总之，你知道我讨厌他们。”

我没说什么，只是坐在一张橘色塑料椅子上，看着巴兰丁先生躺在床上。然后我跟他说：“我也信上帝。”

我真希望你能看到他脸上的表情。沉默了一下，他开始道歉。我认识他以来，他不断咒骂。我猜他是忽然想到，我照顾他这段期间，他都在不断地骂我，已长达三年。

“丹佛，很抱歉我一直叫你黑鬼。”他说。

“没关系。”

然后我借机告诉巴兰丁先生说，我一直照顾他，因为我知道上帝爱他。

我不骗你，他还是抱着怀疑心态。但同时，他说他不觉得我会骗他。“就算你没骗人，”他说，“我已经活了太久，犯下太多罪，上帝没办法原谅我。”

他躺着，点起一支史考特先生买的香烟，盯着天花板，边抽烟边思考，我默默地坐在那里。然后他忽然又开口：“从另一方面来看，我已经很老了，也没办法再犯什么罪。或许这点也很重要！”

总之，从那天起，巴兰丁先生不再叫我“黑鬼”。没有多久，我推着坐轮椅的他走进麦克基尼圣经教堂的大门——朗先生和黛比小姐以前去的教堂。我们一起坐在后排，那是巴兰丁先生第一次踏进教堂，当年他八十五岁。

礼拜仪式结束以后，他看着我微笑。

“相当不赖。”他说。

# 41.

自从黛博拉焦虑地打手机到寿司餐厅找我，我们的生活便从此出轨，到现在已经一年多。最糟糕的时候，医生宣判无救，她瘦弱的身子缩在我们的床上像个胎儿，她呕吐，在剧痛中抗争着。然而火烧得越烈，对我而言她越美。她总是试着不要把注意力放在自己身上，她能走动的时候，就去拜访并为生病的朋友祈祷，尤其是在那些地窖般的化疗中心认识的朋友。

假使她知道自己快死了，也没打算告诉我。我们反而聊生活、我们对孩子的梦想、我们的婚姻、我们的城市。她翻阅杂志，剪下结婚蛋糕和花朵布置的照片，想象芮根和卡森的婚礼。他们俩都还没订婚，但我们还是梦想着，在喝咖啡的时候聊；关灯以后低声讨论他们可能会跟什么样的人结婚；想象我们的孙子，圣诞节时小婴儿在洛矶顶啪嗒啪嗒的甜蜜脚步声。我们谈到生活中每一件重要的事，但我们不谈死亡，因为我们觉得这是对敌人让出地盘。

第二次手术带来新希望。四个月之内，医生第二次宣称黛博拉身上“零癌细胞”。一个月后，我们坐飞机去纽约市，履行她的承诺——陪卡森过母亲节。

黛博拉忍着手术开膛破肚的疼痛，但我们仍计划去做在没有疼痛之下会做的事。礼拜五，我们和卡森以及我的合伙人迈克尔·阿特曼一起吃午餐，地点在一家叫“蓝色美人”的意大利餐厅。我们点了特餐龙虾辣酱，边喝东西边聊天。然而菜送上来的时候，黛博拉忽然抽搐，用祈求的眼神看着我说：“带我离开这里！”

我赶紧扶她走出餐厅，走了大约半个路口，黛博拉几乎跌倒在地。她紧抱着肚子，没办法再走一步。我试着叫出租车，恐惧浮现在她脸上，像乌云遮住太阳。“叫医生！”她激动喘气说，“发生不好的事情了。”

我忙乱中摸出手机，一开始还拨错号码，最后终于找到黛博拉的肿瘤科医生。“不必担心，”听完我妻子在纽约市人行道上的濒死经验后，他和气地说，“等你们礼拜一回来，我们再碰面。”

别担心？我打给另一个在得州当外科医生的朋友，他推测疼痛的源头可能是疝气，最近一次烧灼术所造成。“忍到礼拜一。”他说。

回到得州，断层扫描和其他检验报告显示有更多癌细胞，在更多部位。消息像子弹一样炮轰我们。

“有信念才能确保我们期盼的事物，而信念，就是相信看不见的东西。”我紧抓住信念，像一个没有绳索的登山者紧抓住峭壁，我相信上帝是爱我的，他不会撕裂我的心，偷走我的妻子、我孩子的母亲。或许这听起来愚蠢，甚至傲慢——但他最近名声这么不好，我感觉现在正是上帝用奇迹来磨亮信誉的好机会——而最好的奇迹就是治愈。我们会上奥普拉的节目把奇迹宣传出去。我这么告诉他。

这时，黛博拉和我宁愿当初什么都没做——不做化疗、不开刀、不尝试新药。我们知道而且相信：

“我们晓得万事都互相效力，叫爱神的人得益处……”

但我不愿意停止战争而等待，我觉得黛博拉也不会肯。

# 42.

许多朋友，其中很多是医生，都急着搜寻网络和医学文献，希望找出解药。我们得知一种全新化疗药物叫 CPT-11。当临床实验显示它对抗大肠癌转移有效，食品药物管理局（FDA）便快速审核通过。

为了试用，我们跋涉二百五十英里，远赴圣安东尼奥的癌症治疗与研究中心。我改装我的 Suburban，让黛博拉在五百英里来回的旅程中能躺在柔软的床垫上，她的脚对着后挡板，头枕在铺了枕头的置物盒上，我可以边开车边摸她的头发。我在君悦山庄度假村订了房间，希望一间能一览圣安东尼奥乡村景观的豪华套房，可以让我们暂时忽略眼前的情况。但事实上并没有，中庭里墨西哥乐团鼻音很重的活泼歌曲，也不适合当做对抗死亡的背景音乐。

但黛博拉是在圣安东尼奥出生的。我们抵达的第二天，她第一次治疗之前，我开出医院停车场的时候她开始回忆起来，她的头枕在我旁边的置物盒上。“黛芙妮和我，是尼克斯医院第一对由 RH 阴性血型母亲生出来的

RH 阳性双胞胎，我们都必须输血。”她对着天花板说，“在当时很危险，现在我又回来进行一次危险的治疗。”

她的眼眶噙泪：“我不想死在这里。”

“你不会死在这里。”我说，抚摸她的头发。然而事实上，死亡幽灵已经从边缘开始啃食我的希望。

隔天我们在美妙路上，找到了我们曾经在 1970 年住过三个礼拜的二楼公寓，那里头都是老鼠。当时我接了一份工作，是证券电话营销，可抽固定佣金。年薪十万元的机会诱惑了我，在公司倒闭前，我的确领到一张支票——13 美元 87 美分。黛博拉和我吃了三个礼拜 13 美分的豆子卷饼，直到钱用光，我们急忙逃回沃思堡。三十年后我们回到这里，希望在圣安东尼奥的第二次赌博会比第一次好运。

但没有。对黛博拉而言，CPT-11 是一场灾难。她有太多化学治疗的经验，这种药物一侵入她的血管，她立刻盯着我的眼睛，“请叫他们停！”她哭着说。护士急忙降低流量，但剧痛仍然让她五内俱焚。

虽然如此，治疗还是持续了几个礼拜。CPT-11 化疗摧残了黛博拉，让她变得像一只枯瘦、眼窝凹陷的流浪动物。这期间我经常看见丹佛，坐在我家外面祈祷。

2000 年 7 月 14 日，我们庆祝她五十五岁生日。月底，卡森从纽约飞回来，和我们一起开车到弯曲小河牧场看芮根，黛博拉躺在已经改装成床的后座。然而旅途不得不中断，因为高海拔造成黛博拉呼吸困难。化疗严重降低了她的红细胞数，她的心脏必须额外工作才能把含氧血打出来。我们带着她惊险地冲下山赶到医院，一路上躲避鹿和兔子。后来我们还是去了弯曲小河，但黛博拉必须随身带氧气筒。

回到得州以后，某天她说了句让我措手不及的话。“我已经打电话给牧师，”她说，“请他过来讨论我的告别式。”

劳动节前的礼拜六，芮根明白她回家的时候到了。她打电话给卡森，卡森坐上最近一班从纽约到科罗拉多州的飞机，帮她打包，开车回沃思堡。

我也感觉到所剩时间不多，就像接近中午的影子。黛博拉的第一个手术医生，森特医生在十月八日证实我的疑虑。黛博拉的状况恶化到危急，我赶紧送她去医院。她一直求我不要送她去医院，她怕她再也出不来。

“我不想死在里面，”她说，眼泪涌出来。然后她哭了起来，“我不想死。”

在急诊室短暂急救后，医院人员让黛博拉住进私人病房。我在走廊上踱步，试着让自己镇定，然后碰到森特医生。他问我可否到办公室和他私下谈谈，不是以医生的身份，而是朋友身份。

“黛博拉病得很重，”他开始说，“上一个像她这种情况的病人，只活了三到四天。”

我不惊讶。黛博拉醒着的时间，都在翻来覆去的痛苦中度过，但我不愿意相信他。死亡如此接近。

“你该开始打电话给她想见的亲朋好友，免得太迟……”他犹豫了一下，然后重新整理他的话，“罗，时间没办法倒流，我很抱歉。”

他送我到门外，给我一个拥抱。然后我茫然走出他的办公室，走在抗菌走廊，一边摸索我的手机。要打给谁？……卡森，对，当然要打给卡森……还有芮根……还有黛芙妮。我过马路走到停车场，我没看见是否有车子经过，我上了我的车，关上车门，把头靠在方向盘上，开始哭。有一度，我发现自己在大吼。

# 43.

卡森打电话给我，将医生告诉朗先生的话转告给我，于是我到医院去，站在黛比小姐的病房外。偶尔我透过窗户看进去，看到一些人……卡森、芮根、玛丽·艾伦小姐、几个护士。我也看见朗先生，有时候他坐在黛比小姐病床旁边，很多时候则是把头埋在手心里。我看得出来他很伤心，但他脸上还有更令我担心的：他在狂怒。我知道他发怒的对象是谁。

偶尔会有人从病房走出来，我拥抱他们，他们回家。到了快半夜的时候，大家都走了。没多久，朗先生到走廊上，我问他我能不能跟他单独谈谈。

我知道他的感受。就像我站着看见房子烧毁，而我祖母在里面的那天。我也知道如果黛比小姐死了，他必须要走出来，就像我也经历过大妈妈、毕毕和詹姆斯叔叔过世一样。

我还是个游民的时候，也学到一件事：当你走到绝路，再也没办法做什么，这时上帝就接手。我记得有一次，我跟几个家伙蹲在流浪汉丛林里，我们在讨论人生，有个家伙就说：“人们以为自己掌控一切，其实才没有。

该发生的一定会发生，该过去的也一定会过去。”

你会很惊讶跟游民聊天能从中学到什么，我学到接受生命原本的样子。这是为了让我们张开眼睛，知道还有比自己更崇高的力量。

你已经知道朗先生很会说话，但那天在走廊上，他没跟我说一个字……他只走到一个角落，瞪着地板。我的语气变得有点坚定：“朗先生，抬起你的头看着我！”

他猛地抬起头，仿佛有人拉了他一把，然后我从他的眼里看到他的心碎成一片片，就在我们站着的地方。

“我知道你很痛苦，正质疑上帝，我也很痛苦。”我对他说，“你大概在想，为什么像黛比小姐这样像天使的人要在那病房里受苦，而她照料的街头流浪汉却没事。让我告诉你：上帝召唤一些像黛比小姐这样的好人回去，他才能达成在这世上的某些目标。”

朗先生只是瞪着我。这时我看见他眼睛红肿，他喉咙上下起伏，好像要跟我说什么，但我立刻接着讲下去，因为我觉得如果我不讲，他就要说出不该说的话了。

我可以告诉你一件事——我不管医生怎么说，但在黛比小姐还没完成她在世间的工作之前，她哪里也不会去。我跟你保证。”

# 44.

我看见丹佛在走廊上的时候还在恍惚当中，所以不记得他讲的全部内容。但我的确记得他说到黛博拉不会死，他可以跟我保证。我记得我有一点受到鼓舞，原来我仅剩的微薄信心还有一点点用。

回到病房里，卡森和芮根在医院的人造皮革躺椅上断断续续地睡觉，我拨开点滴管的重重阻碍把黛博拉抱紧，很快就感觉到她的热泪顺着我们脸中间的山谷往下流。“朗尼，我不想死。”她说，压低音量以免孩子们听见。

悲痛抑制住我的声带，整整一分钟我说不出话。当我可以开口的时候，只能说：“我也不要你死。”

隔天早上，医生建议做最后孤注一掷的大肠镜检查。她现在的状况很虚弱，风险包括死亡。但我们都同意，在每一扇门都锁上不能通行之前，我们还是要走过开着的门。

玛丽·艾伦也在。医疗人员准备帮黛博拉动手术，然后把她带走。几小时之后，我们看见手术室工作人员把她推进恢复室，赶紧去陪她。外科医生列队进来，脸上表情惨然，我有种怪诞的好奇，不知医学院是否有教人恰当的脸部礼仪。回病房几小时之后，一位瑞德洛医生进来给我们较完整的总结。

在他开口之前，黛博拉虚弱地微笑打招呼："我好饿啊。什么时候可以吃东西？"

瑞德洛医生悲伤地看着她："你不能吃。"

黛博拉又笑笑，她已经习惯术后规定。"没错。那什么时候才可以吃？"

他镇定看着她："你不能吃。"

她看着他，努力消化无法被接受的字句："你是说我永远都不能再吃东西？"她不可置信，看了我一眼，求我用另一种方式问同样的问题，也许答案会有所不同。我知道不会。虽然我还没告诉她，但我已经知道，癌细胞扩散到无法手术的地步，在她剩余的大肠内部生长，把它像地窖一样封住。就生理上来说，消化固体食物已经是不可能的事。她现在只能吃冰屑和小口喝水。

瑞德洛医生用审慎平静的语气解释。说完了以后，她问他："我靠冰屑和水可以活多久？"

"几天……或许几个礼拜。"

他尽本分表达他的悲痛，离开的时候亚伦刚到。病房里一片静默，然后黛比用一个问题划破沉默："几天的时间怎么够拿来过下半辈子？"

# 45.

十月十四日，距离我们结婚三十一周年还有十一天，我们带黛博拉回家。那是个温暖的秋天，一路上她似乎注意到每一个细节——耀眼的阳光、吹在她脸上的凉爽微风、刚现出来秋季的火红颜色。

那天稍晚，我们和芮根及卡森坐在主卧室，专心看着记录我们家庭三十一年历史回忆的相簿。多年来，孩子们和我常笑黛博拉花好多小时做相簿，那么多本，还煞费苦心地把珍贵照片贴上去。但她不是为当时做的，而是为了这种时刻，翻开塑料覆盖的页面，我们就回到过去。

我们笑我们婚礼的照片：一张是她祖母坐着，腿张得有点太开，露出里头的紧身裤。另外一张，朋友们用香槟敬酒（我们结婚两个礼拜后，黛博拉的父亲寄来香槟账单，附一张纸条写着他不打算付我们朋友买醉的钱）。

我们翻过几百张孩子们的照片：有几张我们抱着芮根的照片，让我们又要重述一次当年我们怎么从哈里斯医院，开着雪佛兰沿路按喇叭回家。然后卡森婴儿时期的照片，让芮根再一次坚称，卡森是她在格拉德尼育儿院挑来的。那时候，我们觉得他有点像乌龟，现在也还这么觉得。几小时内，在三十本相簿里，我们的孩子长大了，而我们的头发开始花白。我们回忆，又笑又哭，就我们四个人，在一张有四根柱子的大床上。

几天后，黛博拉似乎转为专注在家事的最后细节。不带悲伤，而是一个喜悦的旅客，在出发去一个她一直向往的地方之前，减轻她的负担。黛博拉几乎把她拥有的每样东西都送掉。在同一张大床上，我们和芮根、卡森坐下来好几小时，听她说她希望送给每个人的东西。我把她的珠宝盒拿过来，她把项链、戒指和胸针摆在床上，告诉我们每件物品背后的故事，然后全部送给芮根，除了一串珍珠项链，准备留给卡森未来的新娘。

除了我们从旧货商店搜集来装饰牧场的牛仔纪念品之外，黛博拉从来不收藏什么。但她倒是留了一些古董香水瓶。她喜欢瓶身的形状和颜色，还有瓶子里曾经保存过的香气，打开瓶盖还可以闻到一些精华。她用两天的时间，把最好的朋友一个个叫来，分别告诉他们每个人对自己的意义，然后送出去一个她珍藏的瓶子。第一个给了玛丽·艾伦，她从黛博拉生病以来几乎日日陪着她。

送完香水瓶那天近傍晚的时候，我走进卧房，发现她靠着几个枕头在床上坐好，开心地微笑，似乎期盼着什么。我在她旁边坐下。她上身穿了一件淡绿色睡衣，被子边缘往后折，放在她的腰际。我惊叹不已：连在离去前她都能这么无瑕。我钻到被子里依偎在她身旁，用手小心地把折起来的被子边缘抚平。

“我想跟你、卡森及芮根开个会。”她说。

“关于什么？”

“你等下就知道。叫他们进来就是。”

我才刚钻进去，现在又溜下床叫孩子们进来。几分钟后，我们都坐在床上，黛博拉跟卡森和芮根说话的语气，就像一个忙碌但亲切的总裁在处理一件紧急公事。“你们的父亲真是个好丈夫和好爸爸。现在我要你们知道，我放手让他去约会，甚至结婚。”

她的话造成我切肤的疼痛，仿佛我的血液忽然变得滚烫。

“不……求求你。”我打断她。

她继续跟孩子们说话，当做我没开口：“我知道，对你们而言很难，但我要求你们尊重他的决定，让他再度快乐起来。”

卡森和芮根目不转睛地看着她，嘴巴开着，没有说话。忽然间，像是要把沉重的气氛吹散，黛博拉笑开来说：“当然，你们两个也可以自由跟你们选择的人结婚。”

芮根笑了出来：“谢谢妈咪。”

会议持续不到五分钟，到目前为止，这是我们讨论过最像“最后细节”的事情。它确认的是，在我们已经超过三十一年的共同旅程里，其中一个已经准备离开。

先是卡森，然后是芮根，轮流爬到床上亲了黛博拉的脸颊。他们悄悄走出去，感觉他们的母亲似乎还有话要说。他们是对的。她要我扶她坐上安宁人员送来的轮椅。她想到房子后面的花园，建筑师帮我们设计的瀑布旁边。从我们搬进来，她还没什么机会欣赏。

我把她推到浅浅的映景池旁，拉了一张草坪躺椅坐在她身边。她虽然在卧房里指挥局面，但现在忽然压抑了点。她开口说话，就连水轻声溅到池子里也能掩过她的音量。

我请她再说一次，往前靠，直到她的嘴唇扫过我的耳朵。“甚至是她。”她说。

我立刻明白了她的意思。十一年前，她知道我不忠，她至今仍牢牢守着当时第二天所立下的承诺，从来没有一次提起那位比弗利山庄的艺术家。

“不，”我说，“我不想谈这个。”

“要的，”她轻声而坚定，“那是好事，后来对我们很好。你看看过去这十一年……要是没有她，我们的生活绝不会这么美好。现在我允许你回去找她。”

我告诉她我根本不想再想这些事，我还在祈祷上帝能治好她，我说：“我还希望上帝能先把我带走。”

# 46.

10 月 25 日

我们祈祷，希望能一起度过结婚三十一年纪念日。现在，看着她挣扎求生，呼吸短而急促，我不确定她能不能活到那一天。她做到了！阳光透过我们卧房窗帘的缝隙射进来，我在她耳边悄悄说：“黛比，我们醒来了。”但她无法回答。五天前，她已经陷入沉默。

回想我第一次看到她的时候……回忆起我们前几次约会去看美式足球赛，我不敢亲她，而是唱歌给她听。她在床上躺着不动，不到八十磅，勉强撑起被单。我轻轻把手臂枕在她头下面，用指尖抚着她的脸。

“听得见就眨眼。”我轻声说。她眨眼，眼泪像小溪一样流下来。

下午，安宁部门的医生过来，快速检查了一下之后，把我叫到房间外面，跟我说黛博拉不会活过今天。我不愿相信。我选择相信上帝，它不至于残忍到在我们的结婚纪念日把她带走。

第二天就是一整个礼拜的无声，但黛博拉开始翻身呻吟。那天下午，孩子们、我、玛丽·艾伦坐在她旁边……

隔天一大早，丹佛穿着肮脏破烂的衣服，浑身烟味出现在门口。

“进来，”我说，门敞开，“要喝点咖啡吗？”

“我不是来拜访的，”他说，“我来传达上帝的话。”

他看起来很焦虑，好像整晚没睡。他在餐桌旁坐下来，往前靠过来注视我。

黛博拉到现在已经三个礼拜没有进食。她的皮肤像纱布粘在她的四肢上，紧贴她的颧骨，陷入她的眼窝。有多少次，不同医生预估她活不过当天，然而一个“愚蠢”的老流浪汉却比任何名医判断得正确许多。

隔天早上，丹佛又来敲厨房的门。我们坐在餐桌旁，各自搅拌自己的咖啡。他低头迟疑了很久，不疾不徐地整理思绪，像在海滩上捡贝壳。然后说：“上帝给世上每个人一串钥匙，让他们在世上过活。这里面有一把钥匙可以打开监狱的门，放囚犯自由。”

丹佛微微转过头，让他的右脸比左脸离我近些。他右肩向我靠过来，眯着眼睛。“朗先生，我被关在恶魔的监狱里，黛比小姐很轻易就能看出来。但我要跟你说：很多人看见我在牢里被关了超过三十年，他们继续往前走，把钥匙留在口袋里，让我继续被关。我没有要批评别人，因为我不是个好人，我很危险而且可能还乐于待在牢里。但是黛比小姐不一样——她看见我被关起来，她伸手到口袋里，拿出上帝给她的钥匙，用其中一把打开监狱的门放我出来。”

丹佛的最后几个词像是钉钉子一样讲完，然后又坐回自己的椅子里，喝他的咖啡。他放下马克杯：“她是唯一一个爱我而没有放弃我的人。我赞美上帝，今天我才能改头换面坐在你的家里——一个自由的人。”

# 47.

11 月 1 日

我们的结婚纪念日过了一个礼拜，黛博拉还活着，安宁部门的医护人员已经惊讶到不知该说什么。他们不再预测，而是讨论关于死亡的书本应该修改，或至少加上注脚，提到有可能某些人像黛博拉这样，当死亡来叩门，还能找出力量改期，礼貌地关上门。

几个月来，得州一直闹干旱，但现在乌云遮天，带来滂沱大雨，我想象这是天使在哭泣。但为什么？我嫌恶地想，上帝似乎已经照他的意思去做，我记得丹佛说的，它必须把一些好人带回天堂，以执行他在世上的旨意。我觉得这计划很烂。

那天早上，黛博拉躺在我们的床上，动也不动像个鬼魂。然而到中午，她的身体开始颤抖，然后痉挛。几秒钟内，她从身体到四肢开始剧烈抽搐，她的脸因痛苦而扭曲。我跳到床上试图抱住她，她摇动翻滚，无声乞求上帝不要再折磨她。亚伦、玛丽和孩子们以及安宁人员惊恐地看着这一幕。

这样过了两小时，我跳下床，举起拳头对着天堂："够了，上帝！求求你！"

接下来两小时，黛博拉像通电的电线在床上扭动。经过一个看似慌乱的会议，安宁人员决定给她苯巴比妥。剂量很高，应该能减轻她的痛苦，但也可能要她的命。安宁医生问我是否愿意施打药物，我毫不犹豫地答应。只要能让她不要再痛苦下去，做什么我都愿意，然而我还是想到，是否我正签下她的死亡授权书。

药物滴进去以后，她的颤抖减缓，结束了方才或许是地狱开门的一刻。毫无疑问，现在我已经准备好送她安全地回到永恒的家。我想她一定也准备好要走了。

11 月 2 日

门铃一大早就响起，我打开门看见丹佛站在门口，看起来还是像个一夜没睡的流浪汉。但他的眼神这回不同——空洞，仿佛他刚受惊。我拥抱他，但他只是站着，好像太累而没办法反应。他低着头，有几分钟时间，他不愿看我的眼睛。

这时，我强大的信念早已崩溃。专家失败了！我失败了！

但我也知道，丹佛第一个预料到小偷会来偷走黛博拉。当医生说黛博拉活不过一天，丹佛说她会，而且说对了。没有人告诉丹佛我们卧房里发生什么事，但丹佛就知道天使的事。就某方面而言，我不懂为何这个简单的人能和上帝连线。因此这次当他说他要帮主传话，我决定我需要一个见证人。我跑到楼上叫卡森，我们一起回到厨房，丹佛立刻眯起眼睛用严厉的眼神看着我们。

我们祈祷完，丹佛又看了我一眼，说了句令人惊讶，似乎和他的祈祷相反的话："然而，黛比小姐还没完成她在世上的工作以前，是不会走的。"

他流下两行泪。我从没见过他哭，他的眼泪流到脸上的皱纹里，像悲痛的河流，想到他有多爱黛博拉，我的心又抽动一下，我为天意的复杂而赞叹。黛博拉以慈悲和同情心，拯救了这个残破的人，而在她病倒的时候，他成为她的主要协调人。十九个月来，他每晚祈祷到天明，把上帝的话送到我们门口，像个天堂的送报生。我羞愧地想到，我曾经自以为比他优秀，以为我是弯着腰把我的财富和智慧撒在他的生命中。

# 48.

我在垃圾卡车旁边祈祷时流过不少眼泪，但没有在朗先生面前哭过，我没办法。我知道能为黛比小姐做的都做了，医生已经尽力，朗先生已经尽力。上帝告诉我的心，说现在是黛比小姐回家跟他在一起的时候了，但我还是抗拒不了悲痛，我还搞不清楚状况时，眼泪就一下子冒了出来。

我试着用手背挡住眼泪，我看见朗先生和卡森注视着我，有一点惊讶的样子，然后他们同时低头搅拌咖啡。这时我站起来，穿过走廊走向黛比小姐的房间。我原本没这打算，仿佛有一种力量拉着我，我觉得我就应该这么做。

卧房门开着，黛比小姐在里面，躺在大床中间盖着被子，看起来很瘦很虚弱。窗帘开着，早晨的光线透过打在玻璃上的雨，照进来是灰暗的。

她闭着眼睛，脸已经消瘦许多，看起来不像她原来的样子，但还是很美丽。我站了一段时间，就看着她呼吸。

“你好吗，黛比小姐？”过了一会儿我说。但她还是不动，她的胸部静静地上下起伏。我以前来看过她几次，每次不是朗先生在，就是玛丽·艾伦小姐或是其他人，总会有人在，因为她身边几乎时刻都会有人，我有点惊讶卡森或朗先生居然没有跟着我回房，只有我跟黛比小姐。回想起来，我觉得或许是上帝开了一扇时间的窗，好完成他的事。

我站在床的左边，她的头在我右手边，脚在我左手边。被单盖住她瘦弱的身体，上下起伏，只动了一点点。她的脸向上面对天堂，她看不见我，我也不确定她能不能听见我，我只想确定她可以听见我要说的话。于是我把右膝靠在床上，然后我把手放在她头下面，抬起来稍微离开枕头一点点，把她的头转向我的脸。

“黛比小姐。”我说。

她张开眼睛，直直地看着我。

我现在知道她听得见了，于是我继续说：“我知道对你来说，继续对游民伸出手是很重要的事，你已经尽了你的力。上帝告诉我的心，叫我转告你，如果你放下火炬，我会接起来，让你为游民的服务继续下去。”

她没有动或说话，但她的眼睛开始闪着泪光。我的心跳得很厉害，心痛得像是我的身体装不下它一样。

“所以你可以回家了，黛比小姐，”我说，“安详地回去吧。”

她的眼泪流了下来，我的心一直拉长，好像快裂成两半。我一直扶着她的头，让她能看见我。然后我对她说了最后几句话：“珍重再见。我们到另外一边再相会。”

我让她躺回枕头，她慢慢闭上眼睛。我知道她晓得我们永远不会再见面，至少这辈子不会。

# 49.

11 月 3 日

我不再睡觉。我整晚和黛博拉一起躺着。她躺在我身边，枯瘦，睁着眼睛，嘴巴松开，朝着天空，仿佛要问问题。她的胸部偶尔起伏一下，有时候短促，有时候根本不动。我看着电子时钟的红色指针一点点移动，吃掉我们共同建立的生活的最后片刻。清晨悄悄溜进房里时，雷声轰隆。我听见雨下在屋檐上，沿着泄水沟流过。

我的纽约合伙人迈克尔打电话来，问他是否可以来看黛博拉，他已经动身。最后这几个礼拜，我不让他或其他人过来。黛博拉消瘦得太多，盖在被单下几乎感觉不到她的存在。她的眼睛失去光彩，她看起来好像被人残忍地用骨头撑开来。我希望大家记得的她，是他们心中那个美丽优雅的女人。

但迈克尔坚持要来，由于我们是他儿子杰克的教父母，于是我同意了。他是犹太裔，但不是个笃信的人。他知道我们是基督徒，也目睹我们的信仰之路。我们的讨论都是哲学上的、友好的，从来不曾激辩。

迈克尔在早上十点左右开车到家里，玛丽·艾伦和我正在黛博拉的房间，跟着一张基督宗教歌曲 CD 一起唱歌，有些是黛博拉的最爱。我出去和迈克尔打招呼，然后他、我和卡森一起回卧房。迈克尔一进门的时候，正好播到《我们站在圣地》这首歌："我们站在圣地，我知道四周都是天使。"

歌曲传遍房间，迈克尔看看黛博拉，然后看看玛丽·艾伦。"我们就站在圣地。"他悄悄说。突然，仿佛有人踢了他腿后面，他跪下来开始哭。卡森、玛丽·艾伦和我呆住，彼此看了一眼。我认识迈克尔二十年来，从来没见过他哭，歌曲结束时，他才镇定下来。他拿出一张杰克的照片，走到床边，放在黛博拉手掌心，轻轻把她的手指合起来。

"你愿意从天堂守护他吗？"他说，"当他的守护天使？"后来这件事变成一个谜，因为再也没有人看到那张杰克的照片。

迈克尔感谢黛博拉曾经为杰克做的事，她没有动或说话。他停留了二十分钟左右，我陪他到客厅，他看起来有点茫然。

我们就说了这么多，他冒着斜斜的雨躲进他的车里。迈克尔一向与信仰保持距离，丹佛说的话在我心里回荡："黛比小姐还没完成她在世上的工作以前，是不会走的。"

现在完成了吗？我纳闷。

我从走廊赶回去告诉黛博拉迈克尔的事。虽然她依旧沉默，但我知道她听得见。她的脉搏现在非常微弱，她的呼吸仅剩不规则而浅的喘气。我躺下来，用手臂环绕着她，等待天使。

# 50.

“快来！她停止呼吸了！”

是黛芙妮，她慌张地冲上楼。不到十五分钟前我才离开黛博拉的房间，卡森和芮根要我离开，坚持要我睡个几小时。晚上大约十点的时候，我用手指尖抚摸过黛博拉的脸，亲了她的脸颊才上楼。我不敢离开，怕我再也见不到活着的她。

黛芙妮来替我，准备守夜。但十点十五分，她冲进我躺着的客房。十九个月来，我几乎没让黛博拉离开过我的视线。过去三个礼拜来，我极少离开她身边。她在世的时候我陪了她三十一年又七天，然而，是五十五年前跟她一起到这个世界的黛芙妮，看着她的姐姐平安回家。

我走进房间时，安宁护士站在黛博拉身旁。我爬到床上躺在我妻子身边，她的眼睛还睁开着，我帮她合上。我轻声请求护士把所有绑住她一个月的点滴管子拔掉。然后我请护士给我们几分钟时间。在这段时间里，我抱着我死去的妻子哭，乞求上帝让她复活。

他没有——我真心相信他能做得到——我的心爆炸了。

几分钟内，一个看起来难以归类、自称是验尸官的人出现在我们卧房，要宣判她的死亡，仿佛我不知道一样。然后，有两个人开着一辆没有标志的白色货车出现，把她带走。他们穿着深蓝色衬衫和裤子，看起来简直像修理洗衣机的人。我期待他们看起来像天使，但没有。我也期待他们看起来不像殡葬业者，但他们像。

那天晚上，黛芙妮拿了两颗白色药丸来，亚伦说可以帮助我睡觉。我躺在床上，思绪飘到洛矶顶，问题像针一样刺着我的心。一些愚蠢的事，比如说，以后谁来帮新生的长角牛宝宝命名？谁可以在七月里摘桃子，做肉桂香味传遍整间屋子的水果馅饼？最后一个想法让我哭到睡着：黛博拉没办法看到卡森和芮根成亲；没办法见她的孙子孙女；在圣诞节早上，没办法等我用绳索套好之后看着他们骑小牛，就像我爷爷为我做的那样……

我猜我还是可以做，也许上帝会让她看见。

# 51.

三天之后，我们用一个简单的松木棺材，把黛博拉葬在洛矶顶上一个偏僻小丘——依照她的意思。然而那天的天气，刚开始的时候像赏给我们一个耳光。那天早上，我跟孩子们在雷雨交加下开车到牧场。隆冬的风把冷冽的雨吹向公路，我心中的悲痛在翻搅。或许我受到神的某种惩罚，但黛博拉绝对不该受这种待遇。

埋葬地点就在洛矶顶最高处。那里有一小块由干枯老橡树围成的空地，一直以来都是黛博拉最喜爱的角落。她特别喜欢那边一块大而平坦的圆石，像一棵倾斜橡树的树荫下的长凳子，像一个天然的凉亭，最适合在那里祈祷或享受寂静。

卡森、芮根和我开车上山的时候，洛伊·金、潘等其他人正把干草散置在大雨形成的水坑上。他们也盖住了墓穴，我不敢看那个景象。我不知道我期待什么。我知道我们不是把黛博拉葬在传统墓园，那里的墓石和墓志铭似乎较能确认最后仪式的礼数。然而，我忽然残酷地发现，她最后的安息地只不过是荒野里的一个黑洞，野生动物晚上在这里觅食。我感觉到一阵反胃，想到我们正要进行的事就差点崩溃昏倒。

谢天谢地，云忽然散了。就像奇迹一样，天空变得晴朗，狂吹的寒冷北风被温暖的东南微风取代，吹过山顶，不到一小时地面都干了。

丹佛来了，还有大约一百个亲朋好友。我们像住乡下的人，围着黛博拉的墓穴坐在干草捆上。有人帮她的帕洛米诺马——洛基架好马鞍，拴在附近。接下来一个半小时，我们唱老灵歌和乡村圣歌，由两个牛仔朋友弹木吉他伴奏。温暖阳光透过橡树洒下来，在黛博拉的松木棺材上投射出金色圆圈，让她要求的简单棺材看起来像装饰了闪亮的奖章。

大家不照顺序，站起来分享与黛博拉的故事。不出意外，丹佛保持沉默。我用一首在结婚纪念日写给她的诗作结。潘从人群里走出来，拿着一篮矢车菊的种子，我看着每个送葬的人抓一把撒在潮湿地面上。然后，我跟孩子们上了 Suburban 开走，领着车队从泥巴路开到牧场上的家。丹佛和其他扶柩者留在那里，用绳子把黛博拉降到土里。我把我的妻子留在山顶上，试着不去想刚才看见靠在树后面的铲子。

# 52.

我们把黛比小姐降到土里的时候，虽然我知道那只是她的肉身，但我还是觉得我的心好像沉到那洞里一样。我知道上帝有他的计划，带走她是有理由的。但我还是不懂他为何要终止这么美丽的生命，让世上继续充斥罪犯和像我这样，从来没有对任何人做过什么好事的人。

我们把她的棺木降下去之后，我和洛伊·金先生以及其他人拿了铲子开始工作。我讨厌泥土打在棺木上的声音，就好像邪恶的雨落在上面。虽然我知道黛比小姐的灵魂在天堂，我还是必须努力不去想盒子里面的东西。我很高兴最后听到的是泥土打在泥土上的声音，而不是打在棺木上。

结束之后，地上原本是一个洞的地方变成一块新鲜的红土。黛比小姐和朗先生的一个朋友用西洋杉做了一个大十字架，树皮还在，然后用生牛皮绑紧。有人用一根铁锹把它敲进土里，靠近她头部的那一边。

就这样。这里看起来和牧场上任何地方都没什么不同，除了地面上那一大块红色的疤。

然后大家都进屋里，我留在那里陪她，坐在一个干草捆上。有时候我跟上帝说话，问他为什么。虽然我从他那里知道了他的目的，虽然我还照他吩咐，把那些话告诉朗先生，但不代表我就喜欢这样，我也告诉他我不喜欢。上帝就是这点好，反正他可以看见你的心，你可以直接告诉他你心里真正的想法。

我知道没人会听见我说话，所以我也跟黛比小姐说话。大声讲。

“在我认识的人里，唯独你能看穿我凶恶的外表，看见里面有一个值得救赎的人。不知为何，但大部分的时间我表现得像个坏人，只是为了不让人靠近。我不想要任何人接近，不值得那么麻烦。而且，我这辈子失去的人已经够多了，我不想再失去别人。”

但现在太迟了。不过，我没有后悔让黛比小姐靠近。我反而感谢上帝赐给她生命，还有她爱我，爱到能够为我站出来。我想到这里就开始哭，我大声哭，告诉黛比小姐说，这是她教过我的最重要的一件事：“每个人都要有勇气站出来面对敌人。”我说：“因为外表看起来像敌人的人，内心却不一定是。我们和其他人的共通点比我们想象得还多。当我还是危险人物的时候，你有勇气站出来面对我，然后改变我的生命，你爱我的内在。上帝原本要我做的样子，那个本我，在生命里一些丑陋的路上迷失了。”

我不知道我在那干草捆上坐了多久。但我们埋葬黛比小姐时还是早上，等我终于讲完要讲的话，回家的时候已经是晚上了。

# 53.

隔天早上，我们在教堂举办告别式，依照黛比的严格指示，要把仪式当成庆典。丹佛计划开车跟着我们。他来的时候，穿了一套深色细条纹西装，打领带，看起来非常时髦。我下车给他一个长长的拥抱。我听一个那天参加葬礼的朋友说，黄昏她离开洛矶顶时，看见丹佛还坐在黛比的墓旁边。

我们开进教堂停车场的时候，里面已经挤满了车，我跟其他人一样，也得找车位。黛博拉不要加长礼车等任何看起来像葬礼的东西。教堂里聚集了将近千人，接下来的两小时，黛博拉的亲朋好友分享对于一段美好生命的回忆。贝蒂也是起立致辞的人之一。

纤细又轻声细语，她走上讲台，简单说了上帝如何带领黛博拉到机构来，她们俩如何成为姐妹，共同目标是改变这座城市。然后她低头看丹佛，他坐在前排，在芮根、卡森、黛芙妮和我的前面。“现在，丹佛兄弟有几句话要说。”

丹佛拿出手帕擦擦头，然后从座位上站起来，慢慢走上讲台。我看了卡森和芮根一眼，我们会心一笑，丹佛沉重的脚步，把走上讲台的路变得好像山路一样。

虽然平时轻声细语，但这一天他不用麦克风。他激动的声调，似乎随着每讲出一个词而变得更大声，他传达了一个关于一个女人的勇气、希望与爱的信息。

“上帝庇佑我，带给我一个关心我的人，她不在乎我有什么样的出身。从我认识黛比小姐之后，她就请我来教堂，但我才不呢！”丹佛微笑，以白人为主的听众则笑出声来。“于是她来找我，把我带来。我试着停在门口，但她说‘进来吧’，然后她陪我一起，得意地走进来。她是一位真正的女士。”

丹佛讲到他和白人女士去林子里的事，大家哄堂大笑；当他说到上帝鼓励他接下黛比小姐的火炬，大家都哭了。芮根和卡森不断流眼泪，捏紧我的手，因为目睹一个得到回应的祈祷而激动万分。他们也为母亲感到骄傲，她的遗爱人间，有如此强大的见证，而这个人代表了美国最恶劣的一面，也包括他自己的问题。现在，我们视他为家里的一分子。

丹佛离开讲台的时候，我看见洛伊·金以及我们的朋友罗伯·费瑞尔起立鼓掌。然后每个人都站起来了，掌声雷动，传遍整座教堂。十九个月来我们祈求一个奇迹，忽然间，我明白了我现在正看着那个奇迹。一张不再躲避我的脸，脸上的眼睛不再愤怒泛黄，而是清澈又强烈的棕色。这张脸散发喜悦的笑容，有一度，他忘记该怎么笑。

丹佛笨拙地走下讲台，掌声还持续着。芮根、卡森和我站着，流着眼泪，当他走到我们跟前，我们将他拥进怀里。

# 54.

黛博拉从来不放过任何一个细节。她要我们在她过世之后，卡森、芮根和我要去某个地方旅行，就我们三个人。她要我们在告别仪式结束后立刻出发，去至少一个礼拜，不提任何难过的事。一个月前，在医院的最后一天她交代了这些命令。那天我们四个人在病房里，笑着讨论该去哪里。

“意大利，”我建议，“我们可以去佛罗伦斯，跟胡里奥和彼拉住。可以吃意大利面喝红酒，笑着回忆往事。”

“太远了，”芮根向来实际，“我想在格兰特河划木筏，去大弯健行。”

黛博拉喜欢这个主意，卡森也同意，于是就决定了去远在得州西部荒凉的大弯国家公园。依照黛博拉的指示，告别式隔天我们把行李装上车，电话铃响的时候，我们正要出门，是席斯勒打来的。

“朗，你可以现在到机构来吗？”

“可能不行，我和孩子们正要去大弯过一个礼拜。”

“可是这件事不能等。你可以在电话旁边等一分钟吗？我叫鲍伯·克罗立刻打给你。”

鲍伯是机构的理事。不到一分钟，鲍伯打来说：“联合福音慈善机构成立一百多年来，所见过的最盛大的举动。”

是这样的：黛博拉告别式结束之后，一对叫约翰与南西·史奈德的夫妇去找鲍伯，说他们想送一份大礼并协助募款——盖一个新的联合福音，目前机构已经老旧到无法整修。贝蒂强而有力的见证，以及丹佛提到黛博拉的爱让他改变一生，让他们感动。

这件事令我震惊，但鲍伯接下来说的让我的腿软：“朗，他们想替机构盖一间新的礼拜堂，命名为‘黛博拉·霍尔纪念礼拜堂’。”

我开始哽咽，眼眶湿润。我只勉强说了一句“我们旅行的时候再讨论”，然后就将电话挂断。

卡森和芮根很高兴机构得到的礼物。去大弯的路上，我们沉重的心情得到鼓舞。我们坐在放满靴子和背包的Suburban里高速前进，一边讨论教堂命名的事。我们都确定黛博拉一定不希望她的名字高挂在任何东西上面，就像她不要劳斯莱斯在我们家车道上炫耀一样。

如果捐赠人想以某人的名字来命名新的礼拜堂，应该是贝蒂才对，一开始我们都这么想。然后，坐在后座的卡森浇了盆冷水：“通常不是开支票的人决定他们花钱盖的地方要怎么命名吗？”

我们想了一分钟，芮根看着窗外的丛林快速后退。“爸，你知道吗？”她终于说，“人家没有要我们替礼拜堂命名，只希望我们为他们选出来的名字祝福而已。”我们暂时把这个话题搁着。

大弯国家公园里，格兰特河蜿蜒流过奇瓦瓦沙漠中发着微光的溪谷，奇索斯山锯齿状的山峰屹立。我们在悬崖边健行，顺着冰凉的河水往下游走，划过狭窄的峡谷，我们头上的陡峭火山岩壁延伸到蓝色穹隆。简单的出行，干净又朴素，一个由天空和石头构成的修道院。

一个礼拜缓慢过去，我们幸运地未受任何活人噪声的骚扰。我想到黛博拉，混杂的影像随机闪过我脑海，仿佛有人把我们的生活重新排列，变成一段时间错杂的幻灯片：黛博拉抱着婴儿卡森—黛博拉虚弱垂死—黛博拉说“我愿意”—黛博拉在滑雪坡上大笑—在机构分肉卷—和芮根一起烘焙。

我想到丹佛，也一样是随机画面：丹佛在告别式说的话—我在“幻梦商队”把手放在他膝盖上—丹佛和巴兰丁先生—丹佛在垃圾卡车旁为黛博拉祈祷。我们从沙漠回到有手机信号的地方时，我发现我有一则来自席斯勒的留言。

# 55.

朗先生、卡森和芮根去河边以后，我为他们祈祷，希望上帝给他们时间疗愈。河流很特别，有种心灵的力量，我相信可以一路追溯到约旦河。没有什么旅行能让朗先生和他的孩子忘记失去黛比小姐的悲伤，但是我祈祷他们在一个只有上帝所造之物的地方，能重新振作起来。

我知道等他们回来以后，我又要盛装。席斯勒邀请我去参加一个叫什么“全国慈善日”的活动，他已经邀请了朗先生，说他会在他手机里留言提醒他。黛比小姐是接受表扬的人之一。我不太喜欢一个月里第三次穿西装，但只要能让人知道这个女人是个什么样的人，我都乐意参加。

朗先生从河边回来的第二天，到机构来接我。我穿了一套在机构服饰店买的近乎全新的西装。朗先生看到以后笑着说我看起来很帅，所以我猜我大概挑得不错。

全国慈善日的表扬仪式在沃辛顿举行，是大街上一家有钱人的饭店。我们走进大厅时，大概有一百万个人挤在里头，等着进一个豪华大门，朗先生说那个派对就在里面的舞厅举办。我们才到没有几分钟，我这辈子从没见过的人开始走到我面前。

一个戴珍珠项链和帽子的女士跟我说："我听过你在黛博拉告别仪式上的讲话。你们的故事太精彩了！"

"丹佛，我想和你握手，"一个又高又瘦，领带上有一颗钻石的人跟我说，"我真高兴你把你的生活变好了！"

就这样，一直有陌生人跑到我面前，叫我的名字。我开始冒汗，朗先生只是笑，说也许他应该当我的经纪人。舞厅大门终于打开，我感谢上帝，希望不要再有人来恭喜我。

朗先生带我去过一些豪华地方，但那个舞厅大概是最大、最高级的。仿佛有人把全得州的银器和水晶都拿来摆在桌上，圆桌都盖着深红色桌布。我坐在朗先生旁边，试着表现出我也属于这个地方的样子，但还是忍不住抬头看水晶吊灯。

朗先生看到我咧嘴笑。"你在想什么？"他问。

"我从外面看这家饭店二十年了，"我说，"但从没想过自己会在里面。"

我告诉他，我还在街头流浪的时候，常会在最冷的晚上到沃辛顿饭店后面，他们有一些大风扇会吹出热气到人行道上，我就睡在铁格栅上面取暖。有一个警卫还蛮喜欢我的，对我不错，没事就过来踢我一下，确定我没有被冻死。有时候他还会拿热咖啡来给我。

"他从来没有赶过我，"我告诉朗先生，"只要我午夜后才铺床，六点前离开，他就让我待在那里。"

"你从来都没进过大厅吗？我想所有旅馆大厅都开放给公众的。"

我看着朗先生的眼睛。"游民不是公众。"我说。

但是我猜我现在是公众了，因为我看见我的名字印在"受邀宾客"名单上。食物送上来的时候，我把餐巾放在膝上。我注意看朗先生怎么做，以免我用错叉子。这时我已经知道，有钱的白人对叉子有一堆规定。我还是不懂，为什么要用三四根不同的叉子，然后让厨房里的人多一堆事。

我们快吃完的时候，朗先生提到新的礼拜堂以黛比小姐的名字命名的事。“我们决定反对，”他说，“我不觉得她会想用那种方式吸引别人注意。”

我就对他严肃起来：“朗先生，黛比小姐在天堂，总之这也跟黛比小姐无关。这是跟上帝有关。你要阻拦上帝的行动吗？”

朗先生摇摇头，看起来有点难为情的样子：“不，我想不会吧。”

“那就站到一边去，让上帝做他的工作！”

# 56.

丹佛穿越过珠光宝气、沃思堡最富有的一群人，以优雅和可敬的姿态，为黛博拉接受一项慈善奖。他得到所有人起立致敬。

隔天我和机构理事会见面，告诉他们为什么我们家人不希望礼拜堂以黛博拉的名字命名，同时我也转达了丹佛的忠告。最后当然还是这么决定：新的礼拜中心将取名为“黛博拉·霍尔纪念礼拜堂”。同时，机构的新大楼“新开始”已经正式开始募款活动。黛博拉告别仪式结束后的两天之内，我们还在大弯乘木筏往下游走的时候，斯奈德夫妇以及我们的朋友汤姆和帕特丽夏·钱伯斯，已经以纪念黛博拉的名义捐出三十五万美元。

与理事会的会议，仿佛为我总结了从黛博拉告别仪式、到大弯、到慈善宴会的种种，是帮助我撑下去的恩惠。我五十五岁，两鬓开始发白，心有一半躺在洛矶顶的土里。我要怎么活下去？怎么向前走？我觉得自己被困在一片白茫茫的暴风雪中，没有向导，存粮刚用完。强烈的恐惧令我害怕。

有好几个礼拜，我像墓园鬼魂在家里穿梭。我经常打开黛博拉的衣橱、抽屉和橱柜，抚摸她的围巾，她的丝袜，把脸埋在她的衣服里，试着闻她的味道。有时候我关上橱柜的门之后，就坐在黑暗里，手上拿着我们最后一张合照。

我翻遍档案和相簿，自己做了一本剪贴簿，里面是我最喜欢的她的照片以及她写过的信。许多个日夜，我茫然坐在我们的床上，慢慢翻着，重新经历那些片刻：春天时我爱上她，用棕色小纸袋装柠檬口味水果糖送到她教书的学校；夏天时我们订婚，去湖边游泳时在水底下接吻好久好久，直到没气了才冒出水面，一边嬉笑着说刚才差点溺水……秋天我们去维尔度蜜月，穷到必须和另一对情侣合住一间房，晴天和孩子们在公园；冬天做牛仔雪人，探索洛矶顶的印第安人洞穴。

我放弃我的《圣经》，开始读她的，不是为了上帝安慰的话语，我跟上帝现在只勉强算友好，而是为了黛博拉的字句——好几千句，细细写在2094页的页边空白。她记录了婚姻、抚养子女、与朋友的旅程的起起伏伏、挣扎与胜利。她的话才是我们的传家之宝，不是我们的金钱、珠宝、古董、大师的绘画。黛博拉的心，用她的笔迹写成。

我自己的心则畏缩且黑暗，我的身体也一起畏缩。我身高将近六英尺，体重才一百三十多磅。朋友说我看起来比可怕还糟糕。我很高兴，觉得这样才对。玛丽·艾伦问我是不是有死亡念头。就某方面而言，我想我有：我渴望那个已死的人。

我的恐惧变成愤怒，非常愤怒。但如果我开始责怪——医生、医药工业、癌症研究人员——很明显，我责怪的靶心是上帝。是他划破我的心，留下一个无法修复的洞。它不用枪或面罩就偷走我的妻子，我孩子的母亲，以及我孙子孙女的祖母。我信任他，他却让我失望。

这要叫人怎么原谅？

感恩节到了，是难受的一天，而非庆祝。在黛博拉最爱的假日这一天，家里看起来像清教徒的盛宴，唯一的客人是丹佛和我的父母。我早早起床，把一只瘦火鸡放进烤箱，然后走到后面露台慢慢喝咖啡。太阳逐渐照亮山谷，我看着公鹿在河边追逐母鹿。以往每年，我都在感恩节早晨猎鹿。死亡这件事现在太过私人。

我开车上山，坐在黛博拉旁边，在倾斜橡树下的大石头上坐下，越发陷入痛苦之中，血红色的叶子散落在我四周地上。黛博拉墓穴上的白玫瑰已经变成咖啡色，只有难看的铁丝网保护她安眠的地方不受野生动物骚扰。

我的心刺痛，我自问，我怎么能这样把她丢在这里，没有墙或大门保护她。丹佛告诉我说他想帮我把这地方变成家族墓园，于是我们计划一起做。

十二月中，我和他约在洛矶顶，开始我们爱的劳动，要把黛博拉躺着的荒凉偏僻山丘，变成一个安全的长眠庇护所。我们要开始工作的前一天晚上，先在大的石造壁炉旁堆了一堆圆木，坐在皮椅上温暖我们的脚。火光照耀着丹佛的深色皮肤，我们回忆黛博拉。

“记得她帮我办的生日派对吗，朗先生？”

“当然！在‘红呛蓝’。”

丹佛满六十三岁时，黛博拉为他计划了一个惊喜生日派对。做完礼拜之后，我们带他去“红呛蓝”烤肉餐厅，我跟丹佛常去那里吃烟熏猪肉三明治配羽衣甘蓝和甘薯。生日那天，史考特和洁妮娜带着孩子一起来为丹佛庆生。

“丹佛，”我们点完菜之后黛博拉说，“告诉我们你最喜欢的一次生日派对。”

他看看桌面，想了一下，然后再抬头看黛博拉：“嗯，这应该是我最喜欢的生日派对，因为这是我唯一的一个。”

“小时候呢？”黛博拉说，有点意外。

“没有，女士。在农庄是不过生日的。我从来也不知道自己生日是哪一天，是我长大以后我姐姐才告诉我的。”然后他展开笑颜，“所以这个生日派对肯定是我最喜欢的一个。”

黛博拉带了一个白色糖霜的巧克力小蛋糕。她点了蜡烛，我们唱生日快乐歌，孩子们大声尖叫，丹佛害羞微笑。

他笑着回忆，把脚朝向发出细碎爆裂声的火焰伸展：“那次我真的很开心。烤肉和蛋糕也很好吃。”

“但你吃那烤肉吃得很辛苦。”我说，我记得他每吃一口，就从仅剩的几颗好牙之间喷一堆口水在红色格子桌布上。

“我是啊。”他想起来就咯咯地笑。他吃生日午餐吃得那么累，隔天，我打电话给牙医格兰·佩塔，他和丹佛在静修地见过面。那时他就提议免费帮丹佛做一副假牙。我打电话给他时，他乐于履行他的诺言。下一次我再和丹佛见面，他给我一个“你看我的新牙齿”的笑容，露出一排整齐洁白的假牙，工整得像1954年份雪佛兰Corvette跑车的水箱罩。

“哇，你看起来像电影明星，丹佛。”我笑着说。

“哪一个？”

我讲了我第一个想到的人：“约翰·韦恩！”

他似乎可以接受，但却没接受假牙。他只有上教堂才戴，说是会阻碍他吃东西。

现在我们坐在火炉前面，他就没有戴，燃烧的绿色木头发出嘶嘶声和爆裂声，催眠着我们。最后，我们费了劲站起来，我带丹佛到楼上他的睡房。我急着想让他知道我们欢迎他。他以前也在洛矶顶睡过几次，但都需要一点好言相劝才行。第一，他还是比较喜欢睡户外。现在黛博拉走了，我开始怀疑他会不会觉得自己只是个食客。我对他完全没有那种感觉。事实上，从黛博拉生病到过世，我早已把丹佛当成我的兄弟看待。

# 57.

我很高兴能和朗先生一块去他的牧场帮忙整修黛比小姐长眠的地方。但老实说，我在他身边，从来没像在黛比小姐身边自在，虽然我们已经认识好几年，但我很确定，朗先生试着跟我做朋友的唯一理由，就是黛比小姐叫他要这么做。我想现在黛比小姐既然走了,他大概没多久就会把我甩掉。

那天晚上，朗先生又带我去楼上房间，虽然我已经知道房间在哪里。里头很舒适，有一个铁架小床，全都装饰成牛仔风。我以前在那里睡过，但都是睡地上，因为我本来就觉得睡在室内不舒服。但朗先生说不行，他要我答应一定会睡床上。

“早上见。”他说，然后走出去关上门。我就在房间里静静站着，听他的脚步声下楼。我听见他卧房的门关上以后，我打开门，因为不想要有封闭的感觉。然后我用毯子裹住自己躺在床上，以游民的方式，像风帽那样包住头，只有鼻子探出来。然而无论我怎么做，我就是没办法习惯别人的床，我知道我大概睡不了多久。

我那样躺了大概几小时，跟死人一样静止不动且醒着，然后我听见房间里有脚步声。

有一分钟时间我吓呆了，但之后感到一股平静，于是我在毯子下面闭上眼睛。然后，我感觉头上的毯子被拉开，一双轻如羽毛的手把毯子塞在我脖子下，我还是闭着眼睛。

然后我听见一个女人的声音，我认得："丹佛，我们家欢迎你。"

我张开眼睛看见黛比小姐，病都好了，非常美丽。然后，她一瞬间又消失了。我很肯定地告诉你，那不是梦，因为我没有睡。那就是她。

我躺了很久，很想知道黛比小姐为什么来。

"我们家欢迎你。"

我们家……

我想这意思是指这里是她和朗先生的家，然后他们仍然欢迎我，虽然她现在已经不在了。她跟他结婚那么久，我想她应该是很了解他的才对。这时我才知道，朗先生说他是我的朋友时，他是认真的。

我想通之后，那床忽然感觉起来不再是陌生人的了，然后我便陷入熟睡。

# 58.

隔天早上醒来是玫瑰色的日出，然后变成粉红色，然后是金色，接着太阳爬升到无云的天空中。丹佛看起来充分休息过，而且特别开心。我们在后面露台喝咖啡，看着几只鹿越过底下灰白色的河。虽然我们在三百英尺上方，但还是能听见它们用蹄踩破河边昨晚才结成的冰。

由于我们计划今天要搜集石头，准备放在黛博拉下葬之处，所以很高兴今天是个冷天。在得州牧场上捡石头，绝对要在结霜之后才行，除非你打算单挑一只被激怒的响尾蛇。

丹佛和我花三天时间搜集石头，一般的不要，只选择适合的。我们在我将长眠于妻子身旁的地方，用石头一块块地在周围叠起一道墙。我们用最好的石头做柱子，之后要挂起锻铁拱门，上面铸着墓园的名字：Brazos del Dios，意思是“上帝的怀抱”。

我们已经工作了六天，我察觉丹佛在改变。他……心灵比较轻松了点，我说不上来。我们在叠沉重的柱石的时候，他“解谜”给我听。

“朗先生，我有话告诉你。”

“什么事？”我说，把一块红锈色的石灰石码好。

“嗯，你或许不相信，但我前几天晚上看到了黛比小姐。”

我正弯腰要捡起另一块石头，但直起身子，转过来看着他：“你说看到她是什么意思？”

丹佛拉了拉他的棒球帽，擦一下眉毛，然后把布塞进后面口袋：“就我们来这里的第一天晚上，你带我上楼看睡觉的地方？”

“对……”

“嗯，我一直没睡，我躺了一阵子，直到黛比小姐到房间里来。但她看起来很健康，就像得癌症之前那样美丽。”

我不确定该说什么，只是歪头，认真地看着他：“你觉得是在做梦吗？”

“不，先生。”他坚决地摇摇头，“就像我刚说的，我没睡觉。那不是梦，那是显灵。”

黛博拉生病那段期间，我和丹佛的经验是，他说的事情结果都是对的——他预料会有不好的事情发生、天使、她试着去天堂、她的寿命。结果，我开始相信一些以前我会说是不可置信的事。

我看看黛博拉的墓，再转过头看丹佛：“她有说什么吗？”

“有的，先生。她说：‘我们家欢迎你。’我得告诉你，朗先生，她说了那句话之后，我就觉得舒服多了，因为我很确定她去天堂之后，你就会甩了我。”

“甩了你？”我很惊讶他竟然这么想。我已经认定他是我一辈子的朋友，且视为理所当然，就像那天他在星巴克说的。我想起，我第一次说我想当丹佛的朋友，是因为黛博拉催促我。然后，有一阵子，我偷偷把自己当成亨利·希金斯[1]，去想象跟游民的关系，至少我以为这是个秘密。当时我答应过我不会捉与放，不过那时我的妻子——渔船的船长，还在人间。现在她走了，丹佛觉得我计划弃船，或许我也不应该觉得意外。

我笑一笑，把我的手放在他的肩膀上。“丹佛，我当然欢迎你。就算我不在了，这里还是欢迎你。孩子们和我已经把你当家人看待，我们的家就是你的家。我保证我不会捉与放时，我是认真的。”

他看了地上好久，等他再抬起头，他的眼眶湿润了。

“永远。”他说。然后他笑一笑，转身拾起另一块石头。

[1] 出自电影《窈窕淑女》。片中希金斯是一位语言教授，他与人打赌他可以把贫穷不识字的卖花女调教成上流社会淑女。

# 59.

我喜欢“上帝的怀抱”那块大石头，橡树下面有些倾斜但表面平滑的那块。我觉得那里很舒服，因为我坐在那里的时候，知道黛比小姐跟我在一起。新的墓园在五月落成，那天天气很好，我很高兴上帝赐给我们蓝天，还有一望无际的大片黄花。大约有五十个人到场，大部分都是十一月时参加过葬礼的人。我们唱了歌，然后花一点时间讨论上帝如何忠实地让我们度过这段悲痛期。

然后，我觉得上帝有话要我跟在场的人说。于是站起来，张开嘴巴，看看跑出什么东西来。

那天跑出来的是这些：“黛比小姐算是我一个密友，我日夜为她祈祷——甚至问上帝可不可以一命换一命。‘带我走，’我跟他说，‘让她留在这里，因为她比我值得留在世上，我去天堂比较好，因为我在这里的运气不怎么样。’”

但是那天在场的人都知道结果不是这样。我看着坐在潘小姐带来的长椅上的朗先生、卡森和芮根，因为我知道，我接下来要说的话可能不太中听。

“我知道，当挚爱的人过世，我们不太可能会感谢上帝。但有时候，我们还是要对一些让我们受伤的事情心怀感激。因为有时候上帝做伤害我们的事，却可以帮助别人。”

我看见有些人点头，朗先生他们只是静静坐着。

“如果你们想听真相，那就是，有结束就有开始。我们的视线里有东西结束，但在别的我们看不见、听不见也摸不到的地方就有东西开始。黛比小姐的身体躺下来，她的灵魂往上升。我们来这个世界走一遭，只是改变形态，然后再继续走下一段。”

我看着坟墓旁边旧桶子里的野玫瑰，是朗先生要牧场工人摘来放在黛比小姐头部旁边的。然后我再看看朗先生，这时我看见他点头，他微笑了一下，我想或许是因为他想到我曾经亲眼看见黛比小姐的灵体。

# 60.

炎热的夏天过去，九月悄悄而来，通常应该是热风，却不合时宜地凉爽。丹佛与我常聚会，我们谈到彼此经历过的事，考虑是不是可以把我们的故事写下来。

然而，要说故事的话，我必须知道更多丹佛的过去，他出生的地方真的像他说的那么糟吗？我在脑海里多次去过红河郡的农庄，但我想象出来的景象都有种制片厂的感觉，仿佛是舞台工人用《乱世佳人》剩下来的道具搭成的。丹佛的用词通常形容词不多，所以我们只剩一个选择——我必须跟他一起去红河郡，看到并触摸到那个制造出改变我一生的人的地方。丹佛想回去还有另一个理由：合上过去的门。

也许是因为这样，我们在 2001 年 9 月初开上 20 号州际公路开始我们的朝圣之旅时，他才显得沉默寡言。我们开着我新的 Suburban——旧的那辆的里程数已够了——往东走，丹佛安静得不寻常，我问他为什么。

“我最近睡不多，想到旅行就紧张。”他说。

他曾经回去看过他姐姐赫莎丽，还有他的阿姨佩莉·梅。然而赫莎丽在 2000 年过世，只比黛博拉早几个月，失去血亲让丹佛觉得自己在这个世界上再也没有归属。

我们开出去没多久，丹佛的头就像颗掉下悬崖的石头垂到胸口，一分钟后他开始打呼。接下来三小时，整趟旅程听起来有如开车经过风景路线参观锯木厂。但我们一越过边境进入河口之州，那里的空气里仿佛有什么东西唤醒他的灵魂：他不是慢慢醒来，而是忽然坐起。

“快到了。”他说。

路易斯安那州的空气温暖潮湿，刚下过雨，有点闷。我们开过棉花田，丹佛的眼睛亮起来，像小男孩经过游乐场。窗外是绵延几英亩的白色棉花田，向后延伸到遥远的由阔叶树连成的地平线。

“看啊，很漂亮不是吗？可以捡了！”丹佛摇摇头，想到过去，“以前，放眼望去是几百个黑人散开来捡棉花。主子站在他的马车旁拿着秤，把每个人捡的量写下来。现在棉花不用捡了，就等着像怪兽一样的机器开过去，把棉花剥下来。那些机器让许多人丢了工作，感觉起来就是不对。”

丹佛对农庄爱恨交织的感情还是让我惊讶。要不是他看见太多不公正的事情，他好像没那么介意留在农业时代里。

我们大约开了半英里，丹佛的鼻子几乎贴在窗玻璃上：“这边，朗先生。靠右边停。”

我把 Suburban 停到碎石路的路肩，轮胎压在棉花田边缘，一排排的白色行列像脚踏车的轮辐。

丹佛走进一条泥巴走道，我们走在排与排之间，他用手轻轻拨过蓬松的棉花荚。

“我就在这里犁田、除草、捡棉花，好多好多年，朗先生……好多年。”

他听起来忧伤又疲惫，然后又乐起来，跟我说了一个专业秘密："今天是捡棉花的好天气，因为空气有点潮湿，"他眨了眨眼，"秤起来比较重。"

"你不觉得主子也会考虑到这点吗？"我问。

丹佛犹豫一下，然后笑了："我想是的。"

我从口袋里拿出一个小数码相机，丹佛立刻摆出照相姿势，仿佛我打开了什么开关。他单脚跪在泥巴里，透过墨镜认真看着镜头。曾经身为捡棉花工人的他，现在倒像薛尼·鲍迪[1]。我拍了几张照片，当火车汽笛充满灵魂味的呼唤传遍棉花田，他还维持观光客的姿势。

"那就是你离开这里时搭的火车吗？"我问。

丹佛严肃地点点头。我在想，不知道他听那个声音听了多久，才听到它呼唤自己的名字。

[1] 薛尼•鲍迪（1963—），美国知名演员、导演、作家。

# 61.

回红河郡之旅让我紧张，但我们过了路易斯安那州边境以后，我又觉得好一些。空气里有着什么东西，回忆或精灵，我不知道。不是所有精灵都是好的，但也并非全是坏的。

朗先生帮我在我从前工作的田里拍了几张照片。我们待了一分钟就回到公路上，那条路像一把黑色的刀子，直直地把棉花田切成两半。

我们开了很久，直到我跟他说："这边右转。"他紧急右转到一条老泥巴路上，左边后面就是主子的房子，右边那栋新的我没见过。

我们慢慢地在颠簸的路上往前开，溅起泥巴，棉花到处飞散。没多久就看到一间很老的灰色废弃小屋，已经快要倒塌，所有的漆都掉了。"那是黑鬼老板的房子。"我说。

朗先生用奇怪的眼神看我，我猜他很惊讶我会说"黑鬼"。以前我们就这样叫他的，不知道黑鬼老板做什么的？就是字面上的意思：他就是管所有黑人的黑人。

朗先生继续开，直到我说："停在这里。"

路旁铁丝网栅栏的另一边，有一座两房的小屋，看起来随时要倒。杂草丛生，前门没了，只有一个大得跟轮圈一样的黄蜂窝。"这就是我以前住的地方。"我说话的音量有点小。

这边没地方停车，于是朗先生就把 Suburban 停在路中间。我们下车，爬过栅栏，到处看了看，拨开杂草透过窗户往里面望。窗户上没有玻璃，从来也没有过。房间里只有一些黄蜂、蜘蛛网和几堆垃圾，也不知道会不会有我的垃圾。过了这么久，我想应该是没有的。

朗先生只是不住摇头。"我不敢想象你在这种地方住了那么多年。"他说，"太糟糕了。比我想的还可怕。"

我看着小屋，可以看见年轻的自己，因为有自己的地方而沾沾自喜，根本没发现那只比一间工具屋大不了多少。我看见自己在远处农田开主子的牵引机；我看见自己照顾小屋后面的一头猪，省吃俭用，想办法延长有肉吃的日子；我看见自己每天天还没亮就滚下床，照顾主子的棉花田，年复一年，得到的却是零。

当朗先生问我可不可以帮我在屋子前照相时，我应允了，但我只是皮笑肉不笑。

# 62.

丹佛带我去看他以前住的地方，我几乎无法相信我看到的。屋子用灰色木板盖成，是我小时候在科西卡纳常见的长屋子的一半大，小到几乎可以放进载货卡车的后面。我看着我们开进来的路，想起刚才经过主子的房子——白色的乡村小屋，护墙板，舒适的露台，还有秋千。两者的对比令我心生厌恶。

我们四处看的时候丹佛没说什么，他想去看看赫莎丽从前住的房子。我们回到 Suburban 车上，开在红泥土路上的时候，他告诉我主子让赫莎丽在她的屋子里住到过世，那时她已经不在田里工作，也没付房租。丹佛似乎觉得他的主子这点做得还不错。

我又想到从前曾经想过的事：这个主子是什么样的人？几十年来，有一个主子让他的佃农赤脚又贫穷，但又可以让一个黑人小男孩赚到一辆全新的红色史温脚踏车。另一个主子让一个黑人老妇免房租住在他的地方，虽然她早已不在田里工作。第三个主子让丹佛无知又依赖，但当他可能不需要丹佛的劳动力时，还是继续雇用他。

这似乎是奴隶时代的信条，称为“家长主义”，也就是认为黑人像小孩子一样无法自立，所以最好还是当奴隶。在上世纪中期还发生在丹佛身上，着实令我震惊。

沿路开了四分之一英里左右，我们停在赫莎丽的屋子前面。这个是真正的房屋——就仅剩的部分而言。油毡纸，屋顶板，退色剥落的屋檐突出在十尺高纠结的强生草上，像沉船上最后一块干甲板。房子后面过去大约三十英码左右，就是豆绿色河口。我把 Suburban 熄火，和丹佛出去探索这个地方。

赫莎丽的屋子曾经涂了一层白漆，门窗边则漆成天蓝色。但现在看起来仿佛有一颗炸弹在附近爆炸。所有的窗户都破了。垃圾、碎玻璃——大部分是酒瓶——散落在还没被杂草覆盖的几块空地上。屋子下面锯断的桑橙树干下陷歪斜，露台已经腐烂陷落。从外面看，强生草包围了屋子四面。从窗户看进去只是一片黑暗。

丹佛看着我淘气地笑一笑：“你是不是不敢进去？”

“不会啊，我不怕。你呢？”

“我？我什么都不怕。”

就这样，我们用蛙式泳姿游过草丛，像参加狩猎队的人跳上露台——不得不跳，因为阶梯已经陷落。我们把剩余的地板当成跳板，跳着从前门进去，敞开的门让我想到饥饿的大嘴。

丹佛先进去，我跟着他走进一个小客厅，听到老鼠迅速找掩护的声音。这个小客厅已经被洗劫过，现在变成了垃圾场。长沙发上垃圾堆得老高，坏掉的椅子，还有一个老唱机。一张桌子和梳妆台靠墙放着，但摆成不能使用的奇怪角度。衣服散落在地上，上面有一层厚厚的灰尘。

我踏出一步踢到一堆纸，低头一看是一堆旧信。最上面一封，是沃思堡市政府寄给路易斯安那州红河郡的丹佛·摩尔的，日期：1995年3月25日。我拿给他，但他挥挥手。

“你打开。你知道我不识字。”

我用拇指伸进信封折口处，黏胶像灰尘一样掉下来。我把里面一张纸抖出来，打开来看是一份无照驾驶的拘捕令。我眯着眼睛在昏暗的光线下念出：“摩尔先生你好，依照本拘捕令，你将以153元的金额被逮捕。”

我们大笑，声音消失在黑暗的快要倒塌的房子里。我弯腰又捡起一封信，这是从出版票据交换所寄给赫莎丽的，通知说她可能是一千万元的得主。看来她在好运来临之前就过世了。

赫莎丽的卧房令人毛骨悚然，仿佛走进一种忽然被遗弃的生活里。家庭照还放在五斗柜上，她的衣服还挂在衣柜里，床也是铺好的。

丹佛看了床一眼后，微笑着说：“我记得有一次，赫莎丽照顾别人的小孩，她想叫他们听话。于是我们就进了这个房间，并把门关上，她叫我在床上跳上跳下地大叫，假装我被她狠狠打了一顿。她要叫其他小孩听话。”

回忆让他忧伤起来，但一下又过去了。

“来吧，”他说，“我带你去看赫莎丽的浴缸。”

丹佛跟我说过他买浴缸给赫莎丽，用的就是科罗拉多州那次探险之后我坚持要他留着的钱。赫莎丽用浴缸泡澡，但一直没接自来水，她把浴缸放在有纱门的后面的露台。丹佛和我小心地走到后面，努力在屋子中心黑暗处看清楚路。我们脚下的木板发出吱嘎和断裂声，我脖子上的毛发抽动了一下。当我们走到露台，有一点点光线透过围着纱门生长的强生草照进来。赫莎丽的浴缸果然在那里，里面爬满了蜘蛛。

有浴缸的这边才装有纱门通风，另一边则类似额外的房间，用木板挡死，十分黑暗，向河口延伸。

“赫莎丽拿到这个新浴缸很得意，”丹佛说，“来吧，我带你去看她用来烧水泡澡的锅炉。”

他往厨房走，但忽然停下来转过身看我：“你听见了吗？”

我停下来，在诡异的宁静里用力听。然后我听见脚步声，还有像是厚重的靴子声。更糟糕的是，我还听见沉重的喘息声。有人从那个木板围起来的房间里面要靠近我们，距离不远。但是听起来不像人的声音，比较像是什么东西的声音。

我脖子上汗毛直竖，看看丹佛。脚步声嗵嗵地传来，然后是门把转动声。丹佛的眼睛睁得很大，像吃饭用的大盘子。“我们出去！”他小声说。

我们冲出露台，穿越漆黑的房子，踢倒一堆垃圾和家具。我只比丹佛早一步赶到前门，我们迅速飞冲出去。丹佛跟在我后面飞奔出来，然后两个人开始跑，跑出几步之后停下来。

我看看丹佛，他也看看我，两个人都松了一口气，然后紧张地笑起来。

“你觉得那是负鼠还是浣熊？”我刻意轻松地说，仿佛我们两个刚才没有被吓成那样。

“朗先生，没有负鼠或浣熊有两百磅重，还跟人一样穿靴子走路。”

我捡起一根大的树枝，回头看看前门廊，准备跟冒出来的东西一决胜负。丹佛跟我没有就此罢休，而是成了恐怖片里的主角：我们沿着墙壁走到屋子面对河口的那一面。我已经准备好目睹一只穿靴子的沼泽怪物，踏着沉重步伐走回它黏糊糊的窝。几秒钟后，我忽然全身汗毛直竖，丹佛和我互看一眼，两人都感到一阵恐惧。

“我们快走！”

这次是两个人异口同声地说，我们以百米冲刺的速度冲回 Suburban。

跳上车，关上车门，锁好。我转动钥匙……没反应。

我全新的车子没办法发动。我一再转动钥匙。丹佛转过来看看钥匙，又转过去看房子，转过来看钥匙，又转过去看房子。他的眼睛越睁越大，在乘客座那边踩着想象的油门，用意志力让车发动。

引擎发出噗噗声，仿佛没汽油一样，可油箱几乎是满的。

“你相信这种事吗？”我的声音提高了八度。

“当然。”他说，吞了口口水。

过了整整一分钟我还在不断试着发动引擎，我背上的汗毛现在硬得连毛囊都在痛，引擎继续发出噗噗声，终于点燃了。可我踩油门，车还是不动。

我吓得要命。这时，就算那只看不见的沼泽怪兽从卡车底下咆哮着钻出来，敲破风挡玻璃，撕裂我们的喉咙，我也不惊讶。我从来没有这么害怕过，那感觉在体内，是摸得到的。引擎勉强开始动，我猛地换挡。我们开始前进，我四万元的休旅车像老爷车一样慢慢地走。大约走了四分之一英里，发现前面是死路。我转到一块泥地掉头，但引擎又熄火了，我再次不断转动钥匙，丹佛一直注意路上，留意那个东西。

最后，Suburban 总算醒来，像一部加了坏汽油的老牵引机。我们就这样开，直到经过赫莎丽的房子前面。过了一百码，引擎好像重生一样，发出小猫般的呼噜声，仪表一切正常，仿佛没发生过任何事。

看到这样，丹佛瞬间捧腹大笑，要是他坐在飞机上，氧气罩肯定会掉下来帮助呼吸。他上气不接下气，笑到喷泪，到最后冲口说出：“朗先生，你回去可以讲故事了——而且是很棒的故事！没错！”

然后，仿佛有人用橡皮擦把他脸上的笑容抹掉，他转过来十分严肃地看着我的眼睛。“最诚实也不过目击者。”他说。

# 63.

我听见脚步声从那个搭起来的房间嗵嗵地朝我们走过来，那可不是人类，我还以为我的眼珠快掉出来了。我们拼了命赶紧从屋里跑出来。但我一边跑，一边觉得有点愚蠢，或许我们听见的声音，只是个流浪汉或某个躲在赫莎丽屋里的人发出的。但我们从旁边绕到屋子后面的时候，我开始起鸡皮疙瘩，我很确定那是个东西，不是人。当朗先生全新的车表现得像一匹吓坏的马时，我就更肯定了。

车开过赫莎丽的屋子，我告诉朗先生说，我不是第一次在农庄看到奇怪的事。就像那次我姨婆——大妈妈的姐妹——祈雨成功那样。

回想起来，我觉得姨婆就是那种心灵疗愈者，像巫医那样，只不过她是个老女人。她住在河口另一边，离大妈妈家大概半英里，我以前偶尔会去看她。我很怕她，她总是穿深色长裙，头上绑一块布，她的笑声听起来像一群鸟被惊吓飞走的声音。但大妈妈要我去问候她，同时也帮姨婆采她需要的药。

以前她会带我到沼泽边，她采树叶和植物的根。我们在傍晚凉爽的黄昏到来前过去，带着一个小篮子。我帮她拿着，我们穿越丝柏树小心前进，牛蛙和蟋蟀纷纷躲开。我总是小心注意有没有鳄鱼。

“看，小家伙，这个可以让伤口止痛，”她会说，从土里拉出一段根，“这可以治肺炎。”

她一定知道至少二十种根吧，她晓得的事情都是秘密，因为她叫我不能跟别人说那是什么根、在哪里采的。

姨婆自己住。她屋里有个房间摆了张大桌子，上面有各种尺寸的罐子。

“你看见这些罐子了吗？”有一次她问我。

“是的，女士。”

“每一个罐子里，装着可以治好任何病的东西。”

以前大家生病的时候会来找姨婆。但没生病，大家就躲得远远的。我不惊讶。她的屋里有某种超自然的东西。每次我去那里，她都叫我坐在同一张小凳子上，还要看同一个方向，仿佛她不希望我把她在弄的巫毒弄乱。

有一天我坐在那张小凳子上的时候，她在木头地板上撒了一些粉末。然后她走过来看着我的眼睛，用低沉的声音说：“你相信我可以让老天下雨吗？”

我看看窗外，只有一片蓝天。“我不知道。”我说，有点害怕也有点好奇。

“坐着。”她说。

然后姨婆拿了扫把，把那粉末在地上扫过来扫过去，边扫边唱一首我从来没听过的歌。她边唱边扫，边唱边扫，用小动作扫过地板，然后把粉末都扫到前面房间，然后又扫了一些到前面门廊，一路唱着歌。

然后她叫我：“小家伙，到门廊来。”

我照做，以下是事实：一片云出现在屋子上面，只有一片，而不是整片天空。我抬起头，那片云发出闪电，然后雷声轰隆，我可以感觉到屋子底下的隆隆声，这时天就开始下雨。

姨婆脸朝着雨滴，一边微笑，好像她知道什么秘密。“就跟你说吧。”她说。

除了朗先生以外，这件事我从来没告诉过任何人。因为大部分人会说那只是迷信，他们会假装这种事情不存在。

# 64.

我开着神奇复原的Suburban回到泥土路，最后驶向公路。我们开了一英里左右，找另一条泥土路，其实那只不过是芦苇丛中的一条裂缝，窄到我们错过了好几次。那条路通往佩莉·梅阿姨的家。上世纪六十年代，她搬进一间靠近农庄的长屋子，从那时起一直住到现在。

我沿着满是坑洞的小径慢慢开，高到挡泥板的强生草揭开一幕大部分美国人从来没有看过的美国景象。林子里的空地上有六间连成一排的长形木屋，看起来像另一个时代的监牢。每一块地之间没有分隔，每间屋子周围有的只是堆积如山的垃圾——旧轮胎、啤酒瓶、车子坐椅、生锈的床垫弹簧。路的中间有一条死了的杂种狗，尸体已发胀。

其中一间屋子前面，有张没有皮的沙发被拖到地上，一对年轻黑人男女坐在上面看着我们。女人在吸烟，鸡在她的脚下四处啄。其中一个院子有烟冒出来，两个小孩在看顾一堆燃烧的垃圾。附近，一个女孩把湿衣服挂在房子与枯树之间的晒衣绳上。她看起来大约十二岁，而且怀有身孕。

我像开过意外现场一样减速。居民瞪着我看，仿佛我是外星人。

“停在这里。”丹佛说。路边有个老女人坐在一截树干上，此时是下午三点，她正在喝啤酒。她穿着男人的裤子和一件都是洞的满是污渍的T恤，看见丹佛的时候很兴奋。他下卡车拥抱了她一下，给她一张五元钞票。她发出气音的笑声，把手从其中一个洞伸进去，将钞票塞进她的胸罩里。

“快进屋里，”她粗声厉气地说，“我炉子上有些羽衣甘蓝，才刚煮的。”

丹佛礼貌拒绝，急忙回到车上。

“她不是亲戚，”他说，“只是佩莉·梅阿姨的朋友。”

我们开到最后一间屋子前，经过一个在修理牵引机的男人身旁。他把机器拆解成几十个零件放在大门口，其实也不算个门，就挂着一块红色格子毯，避免苍蝇飞进去。

佩莉·梅的家在路的最后面。十几张塑料草坪椅摆在门口的土地上，每一个上面都有像木柴一样堆成金字塔形状的空啤酒罐。门廊旁边堆了小山一样的空的棕色盖瑞牌烟草罐，好几百个。一只杂种狗被一条很长的链条系着，正对着一群无动于衷的鸡猛叫，鸡们知道链条有多长。

“小家伙！”我们走到门廊时佩莉·梅阿姨大叫，“上帝啊，你的鼻子跟你爸一模一样！”丹佛给她一个拥抱，不算太热情，然后她扶着烂掉的门廊扶手对着吠叫的狗骂了一句脏话：“闭嘴，不然我就出去让你闭嘴！”

然后她转过来对着丹佛笑，但她饱经风霜的脸看到我时，显出一个担心的表情。为了让她安心，我朝烟草罐山点点头，跟她说我祖母和姨婆也喜欢盖瑞牌烟草，这似乎让她放心一点。

佩莉·梅阿姨邀请我们进客厅，里面空间大约五十平方英尺大，墙上壁纸是用圣诞包装纸和三张耶稣的照片拼贴而成。有人设法硬塞了两张双人沙发进来，面对面摆放。丹佛和我膝盖碰膝盖，坐在佩莉·梅跟她先生对面。

我们东聊西聊，只有她先生面无表情地坐在对面，从头到尾一句话也没说。后来丹佛说，那是他见过他最友善的一次。

“你们到后面来看我的猪，”短暂拜访后，佩莉·梅说，“我在想把猪卖掉。你们看一下，说不定会知道有谁要买。”

我们起身，走了三大步来到后门。门外有两只肥猪发出鼻息声和呼噜声，在高及肚皮的泥巴里打滚。佩莉·梅推销了一下她的猪，然后开心地提到她新装的室内厕所。这是她在 2001 年安装的，钱来自她从卧房窗户偷卖出去的“自然淡”啤酒，一瓶一块钱，卖了一辈子。但她说她主要还是用屋外厕所，因为家里的排水系统还是有点问题。

我们在天黑前离开，开走的时候，贫穷和肮脏的影像烙印在我的脑海里，像讨人厌的刺青。我几乎不敢相信美国还有这种地方。我感谢丹佛带我去，帮我拿掉我的眼罩。

“朗先生，他们过得比我从前住在那里的时候好多了。现在你相信了，在沃思堡当游民让我的生活更上一层楼。”

# 65.

到九月第二个礼拜，机构已经收到超过五十万美元的捐款。黛博拉的礼拜堂破土典礼前几天，玛丽·艾伦打电话给我，说《约翰福音》里有一句话：“我郑重地告诉你们，一粒麦子不落在地里，死了，仍旧是一粒；如果死了，就结出许多子粒来。”玛丽·艾伦说，她感觉上帝悄悄告诉她的心，黛博拉就像一粒麦子。

隔天丹佛来拜访。他像往常一样坐在厨房餐桌旁，讲话的内容几乎一样，但用的是乡下牧师的口吻。“朗先生，所有好事都必须结束，”他说，“有结束就有新的东西开始。就像黛比小姐。她走了，但有新的事情正要开始。”

三天后是 9 月 13 日，我们为机构的新大楼“新开始”的破土仪式聚会。两天前，恐怖分子驾着两架客机撞击世贸大楼，从此美国再也不同。卡森住在纽约市，我花了好几个小时才用电话联络上他。我坐在电视机前看新闻现场转播，目瞪口呆，我知道现在不只我的世界被悲剧改变。

国家因此而停摆，但为了纪念黛博拉，机构理事会决定破土如期进行。

我走在我们一起走了无数次的去机构的路上，经过铁轨和废弃建筑物，以及游民用来当户外厕所的桥下。当黛博拉和我第一次到东兰卡斯特街时，她就梦想把美丽带到那里。她做到了，虽然跟她一开始想象的不同。人行道上没有装上栅栏，但她用笑容和开放的心，隔绝了恐惧、偏见和审判，为几百个人创造了一个庇护所；她没有种下黄花，却种下同情心的种子，改变了许多人的心，我和丹佛就是其中两人。

那天我和芮根、丹佛、我的母亲汤米，以及将近一百个朋友，站在蓝色苍穹下，用典礼节目表遮阳。我们听市长肯尼斯·巴尔和州参议员麦克·蒙克里夫讲到新机构将为沃思堡的游民带来希望，他们背后有一堆十英尺高的红色泥土，还有四把绑着蓝色缎带的铲子，立在土中像士兵一样，准备翻土，准备接受“麦子”。

现在，东兰卡斯特街上有一栋新的机构，提供新的服务给有需要的人：妇女及儿童宿舍，以及黛博拉·霍尔纪念礼拜堂。两者都为了纪念一位曾经服务这个城市的女士。上帝召唤她回家，以他奇怪的天命，让病苦失落的人找到庇护与希望。我心有不甘地想，是否他可以不带走我的妻子就盖好这些大楼。

失去黛博拉的痛苦仍然令我落泪。我也不能掩饰上帝没有回应我们祈求康复的不满，那有多么令人失望。我想他觉得没关系。我知道，即使我的信仰粉碎，我对他愤怒，他还是会接纳我。虽然我在他的圆柱上用铅笔画了一条黑线，我也可以坦然面对，这段关系就是这样。

然而，我也不能否认黛博拉之死带来的果实——丹佛是个全新的人，还有数以百计的男女老幼，因为新的机构而得到帮助。因此，我放手让她去天堂。

破土之后的礼拜天，丹佛与我驾车开进位于沃思堡东南区一处贫困社区教堂的停车场。汤姆·富兰克林在黛博拉告别仪式上听过丹佛的讲话，几个月来一直找我，要我说服丹佛来演讲，最后丹佛终于同意了。我祈祷教堂里座无虚席，但从停车场看来，那天早上大家都去了别的地方。

如果林肯是黑人，汤姆牧师一定是他的双胞胎。灰发蓄须的他在教堂门口迎接我们，用他瘦长的身体给我们一人一个拥抱。我瞄了一眼教堂，坐椅上的人数寥寥可数。

汤姆牧师知道我在想什么："别担心，朗。上帝希望来的人都会来的。"

布道开始，感觉教堂里充满古老的灵魂，我和丹佛一起坐在后排。汤姆牧师要我先介绍丹佛，花几分钟时间讲一下他的生平故事。跟我想的一样，丹佛不愿意。唱歌的时候，我和他在后排谈判这点。

"我的生命历程跟任何人无关！"他小声说，"而且我不想告诉他们我的事。我想告诉他们别的事。"

"那你要我说什么？"

他犹豫了一下，低头看着放在我椅子旁边的《圣经》。"你就说我是个无名小卒，试着告诉大家关于某个可以拯救任何人的人。你这样告诉他们就好。"

于是，歌唱结束以后，我走到前面，就照丹佛的意思说。然后丹佛登上讲道坛。一开始，他的声音有点颤抖，但很大声。他讲得越久，声音就越大越洪亮。像一块磁铁一样，他的声音把街上的人吸引进来。等他擦掉脸上的汗坐下，已经几乎满座。

我的思绪跳回黛博拉的梦，她看见丹佛的脸，想起书上的话：城里有一个居民，他很穷，却很有智慧，能救那座城。

于是，又有新的东西开始了。我很肯定这能够让我的妻子在天堂的街道上欢欣起舞。

# 66.

我说过，当朗先生说他不会对我捉与放，我有所怀疑。但是，我在汤姆牧师的教会布道过后不久，他问我要不要搬去跟他一起住。你绝对不相信是什么地方——达拉斯的莫奇森庄园，朗先生说那个宅第住过美国总统和电影明星，甚至一个叫胡佛的人也待过。

我猜，莫奇森家族曾经是得州最有钱的人，在全国也是数一数二的富有。2001 年，露佩·莫奇森太太过世，去跟她的先生相聚，他们的亲戚想要朗先生住进宅第，把所有艺术品都卖了。他们有几百幅画和雕塑什么的，朗先生说全部价值大概是天文数字。所以他雇用我跟他一起住进宅第，晚上当警卫。这个适合我，因为我正准备找工作讨生活，赚点钱。宅第很古老很大，朗先生说是在上世纪二十年代盖成的，有几天晚上我在守卫的时候，仿佛还看到几个鬼魂游荡。

我和朗先生一起搬进宅第没多久，有一天我在车库里找到一些颜料，于是决定来画画。我负责看守一些看来愚蠢的画，比如毕加索画的那些，看起来并不难画。果然，我才花了几小时就画出一幅天使，看起来跟我看的那些画一样好。

隔天早上我拿给朗先生看，他很喜欢。“你要卖多少钱？”他问我。

“一百万。”我说。

“一百万！”他笑着说，“我买不起你的画。”

“朗先生，我没要你买。我要你把它卖掉，像你卖那些百万名画一样。”

之后，我把我的天使画拿给贝蒂看，她说那是她见过的最喜欢的一幅画，于是我便把画送给她，反正她对我而言就像天使。然后，朗先生帮我在露佩·莫奇森可以放五辆车的车库旁边，弄了一间属于我的工作室。我猜到目前为止，我已经画了有一百幅，也卖了一些。

卡森和朗先生卖掉大部分的艺术品，也有人买下那座宅第。现在我们住在另一座宅第，等他们把莫奇森剩下的艺术品卖掉。

我接过黛比小姐的火炬，就是上帝要我接起来，让她能放下的那个。我还是去“空地”帮贝蒂和玛丽·艾伦小姐的忙。贝蒂年纪大了,我担心她。我每个月去教堂布道一次。我把衣服拿去给游民，照顾我还在街上的伙伴，有时给他们几块钱。

我也旅行。2005 年，我和朗先生去参加总统就职典礼。朗先生受邀，他要我跟他一起去。那是我第一次坐飞机，我们在暴风雪中降落，但我不知道要害怕。

于是，我们就坐在白宫草坪上，而且坐在前排，我看着周围的太空人和战争英雄，心想，像我这样的人怎么会到这里？我就算做梦也没想到会来这里。我坐得离总统不远，但我想看清楚一点，于是便离开座位走近一些，到他坐着准备上台演讲的地方。但一个特勤组的人，跟我一样是黑人，把手举起来。

“先生，你要去哪里？”

“我要过去看看总统。”我说。

他有点严肃地看看我：“不行，你够近了。”

那天晚上，朗先生和我去参加就职舞会，总统跟他妻子就在我面前跳舞。我穿着燕尾服系着领带，感觉真不错。

第二天我去林肯纪念堂，站在台阶上。我记得我还很小的时候，大妈妈跟我说过林肯总统解放黑奴，所以才有人暗杀他。

我很感恩能去看总统。我和朗先生也去别的地方旅行，我去过圣塔菲和圣地亚哥。回达拉斯以后，我们也去餐厅和小餐馆，去牧场和牛仔秀，礼拜天上教堂。总之，我们很亲密。我们常坐在莫奇森的后露台，或是在洛矶顶的前门廊，看月亮照着河流，讨论生命。朗先生说要学的还有很多。

我开玩笑的。虽然我快七十岁了，我也还有很多东西要学。以前我常花很多时间，担心我自己是不是跟别人不同，甚至跟其他游民不同。后来我碰到黛比小姐和朗先生，我担心我跟他们太不同，不可能会有未来。但我发现，其实每个人都不同，跟我一样的不同。我们大家都只是普通人，走在上帝为我们铺好的路上。

事实是，无论我们是富是穷，或是介于中间，这个世界都不是我们最后的安息之地。所以就某方面来看，我们大家都是流浪的人——就只是一步步走回家。

**图书在版编目（CIP）数据**

世界上的另一个你 /（美）霍尔 (Hall,R.)，（美）摩尔 (Moore,D.) 著；李佳纯译．— 长沙：湖南文艺出版社，2012.3
书名原文：Same Kind of Different as Me
ISBN 978-7-5404-5313-8

Ⅰ．①世… Ⅱ．①霍… ②摩… ③李… Ⅲ．①长篇小说—美国—现代
Ⅳ．① I712.45

中国版本图书馆 CIP 数据核字（2011）第 266312 号



著作权合同登记号：18-2011-560



**上架建议**：外国文学

**世界上的另一个你**

**著　　者**：（美）朗・霍尔　丹佛・摩尔
**译　　者**：李佳纯
**出 版 人**：刘清华
**责任编辑**：丁丽丹　刘诗哲
**监　　制**：蔡明菲　潘　良
**特约编辑**：杨丽娜
**版权支持**：李彩萍
**装帧设计**：张丽娜
**出版发行**：湖南文艺出版社
（长沙市雨花区东二环一段 508 号　邮编：410014）
**网　　址**：www.hnwy.net
**印　　刷**：北京天宇万达印刷有限公司
**经　　销**：新华书店
**开　　本**：880mm × 1270mm　1/32
**字　　数**：210 千字
**印　　张**：7.5
**版　　次**：2012 年 3 月第 1 版
**印　　次**：2015 年 10 月第 7 次印刷
**书　　号**：ISBN 978-7-5404-5313-8
**定　　价**：26.00 元

质量监督电话：010-59096394
团购电话：010-59320018